N. PAWO ELIAS

Wartime Symphony

ERZÄHLUNG ÜBER EINEN
BEDINGUNGSLOS LIEBENDEN

Bibliografische Information der Deutschen Nationalbibliothek:
Die Deutsche Nationalbibliothek verzeichnet diese
Publikation in der Deutschen Nationalbibliografie;
detaillierte bibliografische Daten sind im Internet über
https://dnb.dnb.de abrufbar.

© 2024 N. Pawo Elias   **www.npawoelias.de**

Covergestaltung: N. Pawo Elias (NPE) unter Verwendung
                       eigener Fotos

Notation S. 60 u. 63: NPE anhand der Partitur der 6. Sinfonie von
                       Pjotr Iljitsch Tschaikowski

Gandhi-Zitat S. 9:   dt. Fassung von NPE; englisches Original mit
                       Quellenangabe: **https://kinginstitute.stan-
                       ford.edu/king-papers/documents/address-thirty-sixth-
                       annual-dinner-war-resisters-league#fn12**

Herstellung und Verlag: BoD – Books on Demand, Norderstedt

ISBN: 978-3-7597-2114-3

VOR DEM LESEN GUT ZU WISSEN

Wörter, zu denen es im Anhang Informationen gibt, erkennt man daran, dass sie bei ihrer ersten Nennung mit der Formatierung **fett / <u>unterstrichen</u>** versehen sind. In der E-Book-Version sind so formatierte Begriffe zum Informationsteil verlinkt. Von dort zurück zum Text kommt man durch Klicken auf die Überschrift des jeweiligen Eintrags.

<u>Fett / unterstrichen</u> formatierte Verweise *innerhalb* der Erklärungen führen im E-Book durch Anklicken zum entsprechenden Stichworteintrag. Zurück zur ursprünglich angeschauten Info kommt man in diesem Fall über das Inhaltsverzeichnis, in dem einzelne Schlagwörter durch Anklicken aufgerufen werden können. Auf diese Weise kann man selbstverständlich auch beim Lesen im Haupttext an der aktuellen Stelle nicht verlinkte Begriffe nachschauen. Für die Leser der gedruckten Version weist das Pfeilsymbol → auf das Vorhandensein eines Eintrags zu dem auf den Pfeil folgenden Wort hin.

An dieser Stelle sei angemerkt, dass bei vorliegender Erzählung nicht historische Authentizität im Vordergrund steht, sondern die Darstellung der inneren Wirklichkeit der Handlungsträger. Sollten mir bei dem nach bestem Wissen und Gewissen erstellten Informationsteil Ungenauigkeiten oder gar Fehler unterlaufen sein, bitte ich, diese zu entschuldigen.

N. Pawo Elias

INHALT

***Leiden** ist das Gesetz menschlicher Wesen;*
***Krieg** ist das Gesetz des Dschungels.*
Das Leiden aber ist unendlich viel mächtiger
als das Gesetz des Dschungels,
da es den Gegner verwandelt
und dessen anderenfalls verschlossene Ohren
öffnet für die Stimme der Vernunft.

M. K. **<u>Gandhi</u>**, 1931

Vorspiel

Im Leben des 1898 in Wales geborenen **George Randall** ereigneten sich viele Dinge zu früh und zu schnell. Georges walisischer Vater war konservativ und sehr streng, wobei er gleichzeitig eine Schwäche für das Aussehen wie die Unterwürfigkeit indischer Frauen erkennen ließ. Diese erklärte, warum er nach der Geburt seiner Söhne eine kürzlich aus **Bengalen** eingewanderte Kinderfrau anstellte, vor allem aber, weshalb er Georges Mutter geheiratet hatte.

Die entstammte nämlich einer wohlhabenden **gujaratischen** Kaufmannsfamilie, die sich zwei Generationen zuvor in England niedergelassen hatte. Trotz dieser Herkunft legte die Frau Mama keinen Wert darauf, ihren Kindern – George, seinem Zwillingsbruder **Thomas** und deren fünf Jahre älterer Schwester **Eileen** – irgendein Verständnis indischer Traditionen oder Sprachen zu vermitteln. Stattdessen gab sie sich stets die allergrößte Mühe, in ihrem Betragen britischer zu sein als die Alteingesessenen.

Doch auch sonst zeigten beide Elternteile kein sonderliches Interesse an der Erziehung ihrer Kinder, wobei Eileen nach den ersten mit ihren Brüdern gemeinsam verbrachten Jahren ohnehin die meiste Zeit über internatsbedingt abwesend war. Daher bemerkte niemand, dass das Kindermädchen seinen Zöglingen nicht nur jede Menge über indische Kultur und Traditionen erzählte, sondern ihnen überdies Bengalisch beibrachte.

Da George und Thomas wie Eileen in einem recht frühen Alter ins Internat gesteckt wurden, genossen die beiden leider nur eine kurze, dafür aber umso prägendere Kindheit mit ihrem liebevollen Kindermädchen, das ihnen stets näher gestanden hatte als die eigene Mutter. In der Schule sprachen sie im Privaten folglich Bengalisch miteinander, was neben ihrer ohnedies engen Gemeinschaft auch die emotionale Verbindung zu ihrem Zuhause und der von ihnen verlorenen Kinderfrau stärkte.

Als die unzertrennlichen Zwillinge 14 Jahre alt waren, nahm Georges Leben eine dramatische Wende: Auf einem gemeinsamen Ausritt fiel Thomas so unglücklich vom Pferd, dass er sich das Genick brach. Der Vater, der schon in der Vergangenheit eine leicht tyrannische Ader gegenüber seiner Gattin hatte erkennen lassen, gab ihr die Schuld am Tod des Sohns. Als sei dies noch nicht schlimm genug, brannte Eileen kurz nach Thomas' Versterben durch und heiratete ohne Einverständnis ihres Vaters einen in London ansässigen Kaufmann bengalischer Herkunft. Aufgebracht gab Georges Vater seiner Frau auch hieran die Schuld. Allerdings blieb es diesmal nicht bei verletzenden Worten. Zum ersten Mal in ihrer Beziehung schlug er sie.

Es sollte auch das letzte Mal sein: Sich schuldig am Verlust zweier ihrer Kinder fühlend hatte Georges Mutter nicht weiter die Kraft, nach außen das Gesicht der überlegenen, feinen britischen Dame zu wahren, während sie von ihrem Gatten insgeheim als Untergebene behandelt wurde, und tötete sich auf dem Grab ihres Sohns, indem sie sich selbst verbrannte.

Nach Thomas plötzlich obendrein die Mutter verloren zu haben – insbesondere auf so grausame Weise –, ließ George verzweifeln. Schließlich hatte er sich seit dem Tod seines Bruders ohnehin so gefühlt, als sei ein Teil von ihm selbst gestorben. In dieser Situation unterband sein Vater auch noch den Kontakt zu der zuvor von ihm verstoßenen Eileen. So kam es, dass der Jugendliche, als sich unverhofft die Gelegenheit dazu bot, Trost in den

Armen der Schulleitergattin suchte. Obwohl diese deutlich jünger war als ihr ältlicher Gemahl, betrug der Altersunterschied zwischen ihr und George trotzdem noch mehr als zwanzig Jahre. Nun war der zwar außergewöhnlich reif für sein Alter und sah auch so aus, doch wusste sie selbstverständlich um die Jugend des Schülers.

Dabei hatte die intime Beziehung der zwei für keinen von ihnen etwas mit Liebe zu tun. Beide verzehrten sich lediglich nach der aufmerksamen Nähe und Zärtlichkeit eines anderen menschlichen Wesens – und seien die Momente auch noch so kurz. Sich körperlicher Freude hinzugeben, stellte für sie ein Mittel dar, hochgradiger Einsamkeit wie Traurigkeit zu entfliehen, wie sie durch die Zwänge ihrer jeweiligen Lebenssituation verursacht wurden.

Selbstverständlich hätte die Entdeckung ihrer Affäre einen Riesenskandal ausgelöst. Doch sorgten der Schulleiter und Georges Vater gemeinsam dafür, dass die Angelegenheit unter den Teppich gekehrt wurde. Um dies zu ermöglichen, wurde George gezwungen, auf ein anderes Internat zu wechseln, das sich auf einer kleinen Insel vor der schottischen Küste befand. Hier gab es keine Frauen, die ihn vom Lernen hätten abhalten können, da ihnen der Zutritt zum Schulgelände verboten war. Genau deshalb hatte Georges Vater diesen Verbannungsort ausgewählt.

Allerdings hatte er dabei nicht in Betracht gezogen, dass sein Sohn hier umso einsamer sein würde. Der hochintelligente und heimlich in zwei Kulturen aufgewachsene George hatte es nicht nötig, sich stärker als bisher auf seine Ausbildung zu konzentrieren: Er war ein Musterschüler, der sich in seiner Freizeit für Sanskrit als Sprache wie auch die darin verfasste Literatur begeisterte, für die Werke von **Rabindranath Tagore**, für Gandhi-**jis** Interpretation von **Ahimsa** wie dessen Konzept von **Satyagraha**, für Yoga und Vegetarianismus, aber auch für Klavierspielen und das Studium von Partituren – insbesondere der Werke **Tschaikowskis**. Während Georges auf den Tod von Bruder wie Mutter gefolgter depressiver Phase war der Russe zu seinem Lieblingskomponisten geworden – aus Bewunderung für dessen Fähigkeit, mit der von ihm geschaffenen Musik Leiden in Schönheit zu verwandeln.

Es dauerte nicht lange, bevor die Empfindung, unfrei und einsam zu sein, zusammen mit seinen Abenteuern als sexuell Unerfahrener im Bett einer reifen Frau dazu führte, dass George ausprobierte, wie es ist, Geschlechtsverkehr mit einem Mann zu haben – oder zweien. Diesmal ließ er sich auf Partner ein, die einiges an Erfahrung darin mitbrachten, ihre Aktivitäten zu verheimlichen, sodass er nicht fürchten musste, sein Vater oder sonst jemand würde davon erfahren.

Trotzdem gelang es ihm, einen »weiteren Skandal« zu verursachen: Als 1916 in Großbritannien die Wehrpflicht eingeführt wurde, was für George bedeutete, dass er sein Medizinstudium nicht wie geplant aufnehmen konnte, weigerte der entschiedene Pazifist sich, aktiv im Weltkrieg zu kämpfen. Sein Vater, der ihm diese »über die Familie gebrachte Schande« niemals vergeben sollte, sorgte daraufhin dafür, dass der Sohn zum Dienst in einer in Nordfrankreich tätigen Einheit des Sanitätskorps eingeteilt wurde – mit der Aufgabe, Verwundete von den Schlachtfeldern zu bergen.

Auf gewisse Weise war dies, als hätte der für eine Einberufung bereits zu alte Vater, der selbst darauf verzichtet hatte, sich freiwillig zu melden, ein Todesurteil über den eigenen Sohn gefällt. Schließlich war Georges neue Pflicht höchstriskant, da sie bedeutete, sich zum schutzlosen Ziel des sich im nächsten Schützengraben verbergenden Feinds zu machen – eine Tätigkeit, die der überwiegende Teil seiner Kameraden nicht überlebte. Im Gegensatz dazu hatte George nicht nur großes Glück, nicht zu sterben, er wurde sogar niemals schwer verwundet. Dies hatte allerdings nicht nur etwas mit Glück zu tun, sondern auch damit, dass er ein ausgeprägtes Talent dafür besaß, kurz bevorstehende Ereignisse vorauszuahnen. Durch die Gefahrensituationen, in die er mit jedem Einsatz geriet, wurde dieses sogar immer effizienter, je länger sein Kriegsdienst andauerte.

Nicht vorhergesehen hatte George allerdings, dass er sein Herz an eine junge **Krankenschwester** verlieren würde, die in dem Feldlazarett arbeitete, in dem die von ihm geretteten Verwundeten versorgt wurden. Obwohl Geschlechtsverkehr auch diesmal zum Teil eine Trostfunktion innehatte, erlebte der zum allerersten Mal verliebte George, wie erfüllend es ist, lässt liebende Hingabe die eigene Bedürfniserfüllung in den Hintergrund treten. Im Ergebnis dieser Begegnung mit Liebe, während er von immensem Leiden umgeben war und ihm der Tod nahezu überall und jederzeit über die Schulter schaute, begann George enorm wertzuschätzen, selbst am Leben zu sein. Dies wiederum führte dazu, dass er ungeheure Dankbarkeit für das Leben an sich entwickelte.

Aufgrund dieser neugefundenen Einstellung empfand er bald nicht nur Mitgefühl für die für sein Land kämpfenden Männer, sondern allmählich auch für diejenigen in den feindlichen Schützengräben. Dies gesagt wusste er, dass er zum gegenwärtigen

Zeitpunkt für keinen von ihnen etwas tun konnte. Doch begann er, über die Zeit nachzudenken, wenn der Krieg beendet sein würde. Nach all dem von ihm tagein, tagaus Erlebten zu urteilen, würde die Welt große Anstrengungen zur Versöhnung benötigen, wollte sie echten Frieden finden.

1. Satz
McAllister

Durch Vermittlung seiner Liebsten erhielt George nach einiger Zeit die Gelegenheit, von der Bergung Verwundeter zum Fahren eines Krankenwagens zu wechseln. Zwar war auch dies nicht ungefährlich, doch konnte er auf diese Weise Verletzten helfen, ohne wie zuvor jede Sekunde sein Leben riskieren zu müssen.

Dank seiner Vorahnungsgabe gelang es George eines Tages, sämtlichen der vielen bei einer wichtigen Besprechung versammelten Offiziere das Leben zu retten. Im Ergebnis wurde er zum **Offiziersburschen** eines dieser Männer ernannt. Da sein neuer Vorgesetzter für den Nachschub an Material für den medizinischen Bedarf zuständig war, bedeutete dies in der Praxis, dass George hauptsächlich als sein Fahrer arbeitete.

Der Offizier – ein Mann in den Vierzigern mit Namen **Stephen McAllister** – war ein streng katholischer Schotte. Anders als andere Militärangehörige besuchte er nie ein Bordell, spielte nicht und trank nicht. Dafür sprach er ständig über seine Frau. Im Gegensatz zu der mit ihr geteilten Vergangenheit schien er an seiner Gegenwart keine Freude zu haben, da er es schwierig fand, mit all dem Leiden fertig zu werden, dessen Zeuge er täglich wurde.

Deshalb schätze er Georges Gesellschaft. Denn im Gegensatz zu ihm schien der gescheite wie gutaussehende junge Mann in seiner Lebendigkeit unerschütterlich sowie überdies in der Lage zu sein, noch im Kleinsten etwas Positives zu finden. Außerdem genoss McAllister es, jemanden an seiner Seite zu haben, mit dem er eine zivilisierte Unterhaltung führen konnte. Schließlich hatte er schnell gemerkt, über welch großen und ungewöhnlichen Wissensschatz sein Bursche trotz seiner Jugend verfügte.

George wiederum mochte seinen neuen Chef, weil der sich bemühte, ungeachtet der daraus resultierenden Einsamkeit den eigenen moralischen Maßstäben gerecht zu werden, während die Welt um sie herum in jeglichem Aspekt des Lebens in Trümmer gegangen war. Aufgrund der gegenseitigen Wertschätzung wurden die zwei mit der Zeit gute Kameraden, obwohl sie sich in Rang wie allgemeiner Einstellung zum Krieg stark unterschieden.

An einem kalten, regnerischen Tag, kurz nachdem George darüber informiert worden war, dass die junge Frau, durch deren Liebe die Liebe in ihm selbst aufgeblüht war, bei einem Bombardement des Feldlazaretts, in dem sie gearbeitet hatte, ums Leben gekommen war, hatte sein Dienstwagen eine Panne. Mit der Reparatur verbrachte der von seinem Verlust tief Getroffene Stunden im Freien, wobei der Regen ihm die Gelegenheit gab, sich ungesehen auszuweinen. Als der sich am späten Nachmittag in ein schweres Unwetter verwandelte, fühlte George sich bald auch körperlich so angegriffen, dass er nicht länger fähig war, Auto zu fahren. Daher übernahm McAllister das Steuer, bis sie einen Bauernhof erreichten, wo sie über Nacht bleiben konnten.

Allerdings gab es dort nur eine Schlafgelegenheit für sie. In einem solchen Fall würde George normalerweise auf dem Boden genächtigt haben, doch fröstelte es ihn derartig, dass McAllister ihm das Bett überließ. Als der sah, dass seinem Burschen so kalt war, dass er selbst unter den wärmenden Decken nicht aufhören konnte zu zittern, legte er sich hinter ihn und begann, ihn warm zu reiben.

Nach einiger Zeit verwandelte sich das Reiben in sanftere Berührungen. Der mittlerweile fiebernde George reagierte darauf auf eine von seinem Kameraden unerwartete Weise. Um es kurz zu machen: Am Ende lief es darauf hinaus, dass die beiden miteinander schliefen. Doch kurz vor dem Höhepunkt veränderte McAllister sich plötzlich stark: Er fing an, George als Stricher zu beschimpfen und ihn ausgesprochen grob zu behandeln. Nachdem der Offizier Befriedigung gefunden hatte, verließ er sogleich den Raum und kehrte auch nicht mehr zurück.

Am nächsten Morgen war das Fieber vergangen, und die beiden fuhren weiter. Doch war die Stimmung düster: McAllister war unverkennbar wütend auf seinen Burschen und sprach nicht mit ihm, außer kurze Befehle in seine Richtung zu knurren, während der zutiefst verletzte George sich vollkommen verunsichert fühlte.

In der vorangegangenen Nacht hatte sein Kamerad zuerst völlig überraschend ein derartiges Verlangen gezeigt, dass George mit einem Mal begriffen hatte, dass er das ganze Gerede über die Gattin missverstanden hatte: Statt ein Beweis für die Treue ihres Mannes zu sein, hatte es sich dabei um den Versuch Stephens gehandelt, die durch George ungewollt hervorgerufenen Emotionen zu unterdrücken. Doch wenn sich dies so verhielt, wieso hatte sein Liebhaber sich dann auf einmal so dramatisch verändert und ihn ganz offensichtlich mit voller Absicht rücksichtslos, verletzend, ja geradezu widerwärtig behandelt? Und weshalb schien er deshalb nicht einmal jetzt ein schlechtes Gewissen zu haben, sondern war seltsamerweise wütend auf ihn?

George sollte das bald herausfinden: McAllister hatte ihn angewiesen, eine Nebenstraße zu nehmen, um ans Ziel zu gelangen. Kaum hatten sie an einem einsamen Ort gestoppt, um eine Pause einzulegen, hielt der Offizier George plötzlich seinen Revolver an den Kopf, befahl ihm den Hahn spannend, die Hosen herunterzulassen und vergewaltigte ihn mit einem Schlagstock. Währenddessen warf er ihm vor, ihn behext und seine Ehre, Karriere wie Ehe zerstört zu haben. In Wahrheit aber nahm er Rache an seinem Burschen, weil er nicht fähig war, sich einzugestehen, dass er sich zu jemandem gleichen Geschlechts hingezogen fühlte und er den Akt mit seinem jungen Kameraden genossen hatte, bis sein Gewissen ihn hatte gewalttätig werden lassen.

Sobald McAllister genug hatte, nahm er den Schlagstock und versetzte George einen derartigen Hieb auf den Schädel, dass der Ärmste bewusstlos zusammenbrach. Die Überzeugung, den Mann getötet zu haben, für den er gegen seinen Willen Begehren entwickelt hatte, stürzte McAllister in derartige Verzweiflung, dass er sich in den Kopf schoss und so seinem Leben ein Ende setzte.

Eine Vaterfigur

In Anbetracht der Umstände hatte George ziemliches Glück: Er hatte keinen Schädelbruch, sondern »bloß« eine Gehirnerschütterung erlitten. Überdies war er in vergleichsweise kurzer Zeit nach dem Angriff auf ihn von den Mitgliedern eines britischen Kommandos gefunden worden, die ihn auf ihrer Rückkehr von einem in der Nähe erfolgten Einsatz zum nächstgelegenen Militärkrankenhaus gebracht hatten. Dort erfuhr ein ranghoher, sich von der Entfernung einer Niere erholender Offizier, der wenig später zusätzlich an einer Lungenentzündung erkrankte, was George geschehen war. Aus persönlichen Gründen bat der Offizier um die Verlegung des jungen Manns auf sein Zimmer.

Bei dessen Ankunft stellte er zu seinem Erstaunen fest, dass er ihn bereits kannte: Wie McAllister war der ältere, von seinem Aussehen her stark an den russischen Komponisten Tschaikowski erinnernde Militär vor ungefähr einem Jahr bei der Offiziersbesprechung gewesen, deren Teilnehmern der damalige Krankenwagenfahrer sämtlich das Leben gerettet hatte.

Als Tschaikowski, wie George den Infanterieoffizier insgeheim nannte, und er selbst aus dem Krankenhaus entlassen wurden, erhielten sie beide Genesungsurlaub, um sich vor Wiederaufnahme ihrer militärischen Pflichten vollständig zu erholen. George verspürte keinerlei Bedürfnis, seinen Vater zu besuchen, der ihn früher nie während der Ferien hatte sehen wollen, weshalb er als Schüler stets im Internat geblieben war. Allerdings gab es für ihn augenblicklich auch keinen anderen Ort, an den er hätte gehen können. Daher nahm Tschaikowski, der den jungen Mann sehr gernhatte und sich ihm überdies verpflichtet fühlte, ihn mit zu seiner Tochter, die mit ihrem Schweizer Gatten und ihren Kindern in **Martigny** lebte.

Wie sich später herausstellte, lag die Schweiz, wohin viele Soldaten ohnehin zur **Erholung** geschickt wurden, fast auf ihrem Weg, da Tschaikowski als nächstes an der italienischen Gebirgsfront eingesetzt werden sollte. George wiederum sehnte sich nicht unbedingt danach, ohne seine Liebste weiter in Nordfrankreich dienen zu müssen, und hatte daher darin eingewilligt, der Offiziersbursche seines neuen Bekannten zu werden. Dies war Tschaikowskis Idee gewesen. Denn einerseits beabsichtigte der, das Talent des jungen Manns für das Vorausahnen zukünftiger Ereignisse zu nutzen. Ohne dass ihm dies recht bewusst gewesen wäre, wollte er andererseits an George gutmachen, wo er vor vielen Jahren bei seinem eigenen Sohn versagt hatte – einem Homosexuellen, der sich als Reaktion auf den von seinem Vater auf ihn ausgeübten Druck, sich »normal« zu verhalten und den gesellschaftlichen wie familiären Erwartungen zu entsprechen, das Leben genommen hatte.

Zuerst war es für George allerdings nicht leicht gewesen, ein Krankenzimmer mit dem älteren Offizier zu teilen: Infolge der ihm nach seinem Aufwachen aus der Bewusstlosigkeit vorsichtig gemachten Mitteilung über McAllisters Selbstmord hatte er schlimme Schuldgefühle entwickelt. Zusammen mit seiner großen Scham über das ihm von jenem Angetane hatten die bewirkt, dass er sich eisern schweigend und jeglichen Blickkontakt vermeidend vollständig in sich selbst zurückgezogen hatte. Als Tschaikowski trotzdem versucht hatte, freundlich zu ihm zu sein, hatte er sich demonstrativ von diesem abgewandt.

Der Offizier aber hatte nicht aufgegeben. Er hatte schnell verstanden, dass er eine andere Herangehensweise finden musste. Nach einigem gedanklichen Hin und Her hatte er daher schließlich all seinen Mut zusammengenommen und George von seinem Sohn erzählt. Obwohl sein Zimmergenosse nichts hatte hören wollen, waren die Worte ihm trotzdem ins Bewusstsein gedrungen: Der ältere Herr im anderen Krankenbett hatte ihm soeben völlig offen eingestanden, dass er sein früheres Selbst verabscheute – einen Mann, der George in seiner konservativen

Strenge an den eigenen Vater erinnerte –, weil sein Sohn noch am Leben wäre, hätte er sich ihm gegenüber nicht so streng fordernd, sondern offener und liebevoller verhalten.

Dieses Geständnis war an sich bereits erstaunlich. Doch hatte Tschaikowski dabei nicht Halt gemacht. Stattdessen hatte er George gebeten, ihm zu helfen, seinen Sohn zu verstehen, der sich am Ende, als sein Vater sich geweigert hatte, ihn weiter finanziell zu unterstützen, prostituiert hatte, bevor er aus dem Leben geschieden war.

Georges Reaktion war eine Überraschung für beide von ihnen gewesen: Er hatte mit Tschaikowski gesprochen, als sei der noch immer sein früheres Selbst, als würde er sich an den eigenen Vater wenden, der ihm niemals erlaubt hätte, in der Weise mit ihm zu sprechen. Dabei hatte er den Part von Tschaikowskis Sohn übernommen, der seinem Vater ebenso wenig hatte mitteilen können, wie er sich als Mann, der Männer liebte, in einer Gesellschaft gefühlt hatte, die Männer wie ihn kriminalisierte und dadurch nicht nur die Angst vor Entdeckung wie tiefen emotionalen Schmerz schürte, sondern es für solche, die nicht sehr begabt darin waren, sich den gesellschaftlichen Normen zu beugen und ihr wirkliches Selbst zu verstecken, nahezu unmöglich machte, ihren Lebensunterhalt auf anständige Weise zu verdienen.

In diesem Rollenspiel hatte sich Georges gesamte aufgestaute Verzweiflung Bahn gebrochen: Er hatte Tschaikowski »Vater« genannt und ihn bei dem Versuch angeschrien, ihm zu verstehen zu geben, dass dessen väterliche Lieblosigkeit wie die aus Georges Sicht für die britische Gesellschaft insgesamt typische emotionale Kälte ein derartiges Verlangen danach ausgelöst hätten, geliebt zu werden, dass er, wäre er der Sohn des

Offiziers gewesen, im Gegenzug für die Illusion, die dadurch erfahrbare Aufmerksamkeit sei dasselbe wie Liebe, vermutlich ebenso seinen Körper verkauft hätte.

Nach diesem Ausbruch war George in Tränen ausgebrochen, während Tschaikowski weiß wie die Wand geworden war. Obwohl ihm dies sichtlich Mühe bereitet hatte, war der so heftig Gescholtene von seinem Bett zu dem seines Zimmergenossen gegangen und hatte, dessen Arm streichelnd, mit erstickter Stimme um Vergebung gebeten.

In diesem Augenblick hatte George plötzlich begriffen, dass er auf gewisse Weise mit seinem eigenen Vater gesprochen hatte – so, wie der Offizier sich nun eigentlich nicht an ihn, sondern an seinen Sohn gewandt hatte. Daher hatte er sich empört:

»Verdammt noch mal, ich bin nicht Ihr Sohn – und Sie … Sie sind nicht mein Vater!«

Das auf diesen Ausruf folgende betretene Schweigen unterbrechend hatte er kurz darauf allerdings besänftigend hinzugefügt:

»Bitte um Vergebung, dass ich Sie beschimpft habe, Sir. Sorry.«

»Dann tut uns das alles wohl beiden leid, was?«, hatte Tschaikowski erstaunlich schlicht entgegnet, bevor er fortgefahren war:

»Danke, Randall. Sie sind mutig, das muss man Ihnen lassen.«

Anschließend hatte der Offizier sich zu einem langen Spaziergang über die Krankenhausflure aufgemacht. Davon zurückgekehrt hatte er mit niemandem mehr gesprochen und auch das Essen und Trinken eingestellt. Als George die Trauer wie Verzweiflung des schuldbeladenen Vaters gesehen hatte, war er zu ihm herübergegangen, hatte eine Hand auf dessen Arm gelegt und dann schweigend bei ihm ausgeharrt. So hatten sie stundenlang gesessen, bis George sich schließlich zu seinem Bett begeben hatte, um zu schlafen.

Als Tschaikowski am nächsten Morgen auch sein Frühstück nicht angerührt hatte, hatte George zu ihm gesagt:

»Sir, ich habe bereits gestern deutlich zu machen versucht, dass Sie nicht mein Vater sind. *Er* ist der Mann, zu dem ich gesprochen hatte. Und in der Tat scheint mir, dass Sie früher einmal wie er gewesen sind. Doch im Gegensatz zu meinem Vater ist dieser Mann in Ihrem Fall Vergangenheit. Lassen Sie Ihr früheres Selbst tot sein, und seien Sie wieder der Mann, der gütig genug ist, sich um jemanden wie mich zu kümmern.«

Als Reaktion darauf hatte Tschaikowski vorsichtig erklärt, dass es ihn interessiere, wer George denn eigentlich sei und was ihm geschehen sei. Nach kurzem Zögern hatte der ihm daraufhin offen von seinem Leben berichtet, obwohl vieles, das er mitzuteilen hatte, sehr schmerzhaft für ihn war – insbesondere der Vorfall mit McAllister.

So hart es gewesen war, war es für beide Männer sehr heilend gewesen, mit dem jeweils anderen etwas geteilt zu haben, das sie niemand anderem hatten mitteilen können. Dies hatte eine starke Bindung zwischen ihnen geschaffen. Aufgrund des großen Altersunterschieds zwischen den beiden und auch, weil sie am Anfang die Rollen von Georges Vater und Tschaikowskis Sohn nachgespielt hatten, hielten sie ihre neue Beziehung für eine zwischen Vater und Sohn.

Mit Tschaikowski machte George daher zum allerersten Mal die Erfahrung, wie wundervoll es sein kann, einen Vater zu haben. In der Vergangenheit hatte er »Vater« mit der Notwendigkeit assoziiert, auf der Hut zu sein, mit Strafe und damit, einen Lebensstil aufgedrängt zu bekommen, der nicht der seine war. Liebende Güte, wie Tschaikowski sie ihm schenkte, dagegen wäre nie etwas gewesen, das George mit seinem Erzeuger assoziiert hätte. Und nun fühlte er sich gesegnet, Zeit mit einer Vaterfigur verbringen zu dürfen.

2. Satz
Bei Tschaikowskis Familie

In der Gesellschaft eines ranghohen Offiziers zu reisen, konfrontierte George zum ersten Mal mit etwas, das er bis dahin nicht erlebt hatte: Rassismus. Vor dem Hintergrund des Unterschieds in Rang und Alter wurde der Jüngling auf der Fahrt zu Tschaikowskis Familie aufgrund seines indischen Aussehens wiederholt für den Kammerdiener des adeligen Offiziers gehalten und dementsprechend von oben herab behandelt. Obwohl George als McAllisters Fahrer offiziell ebenfalls Offiziersbursche und damit eine Art Diener gewesen war, ärgerte er sich über solche Szenen, während Tschaikowski sich peinlich berührt fühlte.

Auch das Zusammentreffen mit dessen Familie empfanden beide Seiten zunächst als ein wenig schwierig. Dies hatte allerdings weniger mit Rassismus zu tun, sondern war darin begründet, dass man nicht so recht wusste, wie man George einordnen sollte: Für sein geringes Alter war er zwar sehr gebildet, doch verfügte er über keinen Beruf, hatte bisher nicht einmal ein Studium aufgenommen. Er stammte aus einer reichen, alteingesessenen walisischen Familie, doch gehörte die nicht zum Hochadel. Vielmehr sah man George seine indische Herkunft mütterlicherseits deutlich an, er war für nichts berühmt und viel zu jung, um ein Freund Tschaikowskis zu sein. Unwahrscheinlich war Letzteres überdies, da er in den Streitkräften über keinerlei Rang verfügte, ja schlimmer noch:

Er war ein Wehrdienstverweigerer – vermutlich sogar der einzige, der bald weder in einem der eigens für diese gegründeten **Truppenteile** noch im Sanitätskorps, sondern als Bursche eines ranghohen Infanterieoffiziers dienen würde.

Glücklicherweise war Tschaikowskis Tochter äußerst pragmatisch: Da sie den Briefen ihres Vaters entnommen hatte, dass George diesem trotz seines gesellschaftlichen Hintergrunds ans Herz gewachsen war, entschied sie sich dafür, ihn einfach als Freund der Familie vorzustellen.

Dies bedeutete jedoch nicht, dass sie ihren Gast besonders warmherzig behandelt hätte. Zu seiner Überraschung bemerkte der allerdings schnell, dass sie sich auch ihrem Vater gegenüber distanziert verhielt. Unter der freundlichen Oberfläche schien etwas zwischen den beiden zu schwelen.

Da George wusste, welch unglückliche Rolle Tschaikowski beim Selbstmord seines Sohns gespielt hatte, ließ er seinen väterlichen Freund bei nächster Gelegenheit wissen, dass er ihn unter vier Augen sprechen müsse. Sobald die zwei unter sich waren, teilte er Tschaikowski geradeheraus mit, er habe den Eindruck, seine Tochter mache ihn für den Tod ihres Bruders verantwortlich.

»Und Recht hat sie«, war alles, was der Offizier dazu sagte.

»Dann offenbaren Sie ihr alles, was Sie mir erzählt haben«, drängte George.

Tschaikowski aber wurde wütend und verlangte von ihm, dass er aufhöre, sich einzumischen.

»Du gehörst nicht zur Familie!«, schrie er aufgebracht.

George aber entgegnete ruhig:

»Warum haben Sie mich dann hergebracht?«, und ließ seinen väterlichen Freund allein.

Der Offizier verbrachte den Nachmittag finster grübelnd im Garten, während George dessen Familie damit unterhielt, ihr Stücke von seinem Lieblingskomponisten auf dem Klavier vorzuspielen. Als es dunkel wurde, betrat Tschaikowski das Haus: Er sah ausgezehrt und bleich aus – nicht als wäre er erneut erkrankt, sondern eher, als hätte er eine Schlacht verloren. Besorgt schaute seine Tochter von ihm zu George. Doch bevor der etwas hätte sagen können, teilte ihr Vater ihr mit, dass er nicht mit der Familie und ihrem Gast zu Abend essen würde. Nach der Mahlzeit aber müsse er mit ihr und ihrem Gatten im Vertrauen sprechen.

Trotz dieser Ankündigung erschien er nach dem Abendessen nicht. Stattdessen blieb er in seinem Schlafgemach reglos auf der Bettkante sitzen. Auf dem Weg zu seinem eigenen Zimmer erblickte George ihn dort durch die offene Tür. Als der junge Mann daraufhin den Raum betrat, schaute sein väterlicher Freund hoch. Sobald er erkannte, wer sich da näherte, brach er still in hilflose Tränen aus. Daraufhin setzte George sich neben ihn und legte tröstend einen Arm um ihn. Infolgedessen weinte Tschaikowski heftiger, bevor er verzweifelt hervorpresste:

»Ich kann das nicht!«

Von George unbemerkt war Tschaikowskis Tochter ihm gefolgt. Infolgedessen war sie Zeugin sowohl der Verzweiflung ihres Vaters als auch seines enormen Vertrauens zu seinem jungen Freund geworden. Davon verwirrt fragte sie, was all das zu bedeuten habe. Sowohl ihr Vater als auch George erschraken. Ohne darüber nachzudenken, befreite der Offizier sich daher rasch aus der Umarmung, bevor es aus ihm herausbrach:

»Es tut mir unendlich leid: **Geoffrey** hatte Recht, du hattest Recht, und ich habe komplett falsch gelegen. Es ist meine Schuld! … Er könnte noch am Leben sein … Ich habe ihm das Dasein zur Hölle gemacht …Aber du musst mir glauben, **Eleanor**: Ich habe das nicht gewusst! Ich habe wirklich geglaubt, zu seinem Besten zu handeln … Ich … habe gemeint, beide meine Kinder zu lieben …Nach dem Tod deiner Mutter … Ich weiß nicht … Da ist irgendetwas geschehen … Mein Herz … hat sich in einen Stein verwandelt … der dich verletzt hat … und ihn zermalmt …

Ich …Ich habe meinen eigenen Sohn getötet!«

Von diesem unerwarteten Geständnis völlig erschüttert ließ Tschaikowskis Tochter sich an der freien rechten Seite ihres Vaters nieder, umarmte ihn ein wenig unbeholfen und sagte unter Tränen:

»Dad … bitte nicht! … Du warst …«

»Ich bin schuldig!«, unterbrach ihr Vater sie verzweifelt und fragte anschließend:

»Wirst du mir jemals vergeben können?«

Die sichtlich hin- und hergerissene Eleanor ließ ihren Vater daraufhin los, faltete die Hände in ihrem Schoß und schaute auf diese herab. Als George das sah, stand er auf, nahm ihre linke Hand, legte sie auf die Rechte ihres Vaters, hob beides an ihr Herz und sagte sanftmütig:

»Wie auch wir vergeben unseren Schuldigern.«

Anschließend verließ er das Schlafzimmer.

Am nächsten Morgen war George gerade aus seinem Zimmer getreten, als er hörte, wie Tschaikowski ihn von innerhalb seines Schlafgemachs rief. Er ging hinein und fand seinen Freund traurig und müde aussehend vor. Trotzdem machte dieser einen weitaus ruhigeren Eindruck als am Abend zuvor. Tschaikowski bat George, sich auf die Bettkante zu setzen. Nachdem der dieser Aufforderung gefolgt war, sagte er:

»Dein Vater ist ein Vollidiot. Sein Sohn hingegen … Mir fehlen die Worte … Danke, mein lieber Freund … Nein, sag nichts … Was war das, was du gestern Nachmittag gespielt hast?«

»Tschaikowski. Wussten Sie, dass Sie wie er aussehen?«

Als George zum Frühstück herunterkam, erwähnte niemand die Geschehnisse vom Vorabend. Doch sowohl Tschaikowskis Tochter als auch sein Schwiegersohn schienen ihre Einstellung ihm gegenüber geändert zu haben: Statt freundlich aus Höflichkeit oder Gastfreundschaft zu sein, während sie nicht wussten, was sie von ihm denken sollten, schienen sie George nun tatsächlich für den Freund der Familie zu halten, als der er bisher nur offiziell gegolten hatte. Plötzlich behandelten sie ihn mit liebender Güte und Respekt. Ja, die beiden boten ihm sogar an, sie Eleanor und **Jean** zu nennen. Nach der von ihm gemachten Erfahrung, als männlicher Prostituierter betrachtet und aufgrund dieser Unterstellung fast ermordet worden zu sein, tat George diese Anerkennung seiner Person gut.

Als die allgemeine Anspannung nun verschwunden war, bewirkte die neue, liebevolle Atmosphäre, dass Tschaikowski sich schnell von seinem emotionalen Stress erholte. Dies wurde von Georges regelmäßigem Klavierspiel gefördert. Jeder einschließlich der Kinder liebte seine musikalischen Vorträge so sehr, dass sie sich sämtlich in ihn verliebten. Um ihm eine besondere Freude zu bereiten, organisierte Jean den Besuch eines Konzerts in **Lausanne**. Als Tschaikowski George anschließend über die Aufführung reden hörte, schlug er vor, dass sein junger Freund die Entscheidung für ein Medizinstudium noch einmal überdenken solle, weil er meinte, dieser könne ein großer Dirigent werden.

Obwohl George wusste, dass sein Vater diese Idee niemals unterstützen würde, gefiel ihm der Gedanke. Und er liebte Tschaikowski, der für sich selbst von Anfang an eine militärische Laufbahn gewählt hatte, dafür, dass der so offen war, ihm eine Karriere als Künstler vorzuschlagen. Dies gesagt glaubte George noch immer – wie dies auch Tschaikowski tat –, dass sie sich als Vater und Sohn liebten.

Jagdtrophäen

Kurz nach dem Konzert zogen der Wehrdienstverweigerer und der ranghohe Offizier in eine Jagdhütte, die der Schwiegersohn des Letzteren, Jean, von seinem Vater geerbt hatte. Obwohl Tschaikowski gerne mit seiner Familie zusammen gewesen war, hatte er es auf Dauer als ein wenig anstrengend empfunden, gezwungen zu sein, sich in deren Alltag einzufügen und die ganze Zeit über kleine Kinder um sich zu haben. Außerdem freute er sich auf ein wenig Ruhe in der Natur, bevor er in den Krieg zurückkehren musste. Die Familie wiederum hatte gemeint, es sei für seine wie Georges vollständige Gesundung besser, sich weiter oben in den Bergen statt in einem Stadthaus aufzuhalten.

Als sie die hölzerne Hütte betraten, war es George deutlich anzumerken, dass er sich nicht wohlfühlte. Von Tschaikowski gefragt, was los sei, schaute der junge Mann kurz zu Eleanor, bevor er antwortete, dass er ihm dies später mitteilen würde. Sein Freund aber akzeptierte dies nicht und nötigte George, offen zu sprechen. Zögerlich gestand dieser, dass er die in der Hütte herrschende Atmosphäre schrecklich fände. Auf die vielen die Wände als Jagdtrophäen zierenden Geweihe zeigend bekannte er, dass all dies unnötige Töten ihn bedrücke. Tschaikowski reagierte mit unverhohlenem Sarkasmus:

»Ah, hier kommt endlich der Kriegsgegner zum Vorschein. Diese Tiere mussten getötet werden, weil sie sonst die Wälder zerstört hätten. Ohne Raubtiere wie den Wolf oder den Luchs benötigen wir menschliche Jäger.«

»Es mag Sie überraschen, doch bestreite ich das nicht. Nur finde ich es vollkommen hartherzig, sich über den Tod eines anderen Lebewesens zu freuen, ja sogar stolz darauf zu sein, es getötet zu haben. Obwohl es unvermeidbar ist, einen Hirsch, ein Reh oder was auch immer zu schießen, weil wir Menschen durch die Ausrottung der natürlichen Feinde dieser Tiere die göttliche Ordnung zerstört haben, besteht kein Grund zu Freude oder Stolz, sondern nur zu Trauer und Mitgefühl«, entgegnete George ruhig.

»Du verdammter Feigling!«, schrie Tschaikowski ihn da an. »Wie kannst du es wagen, diejenigen zu kritisieren, die du die Drecksarbeit für dich machen lässt? Hast du Erfolg damit gehabt, deinen Feind zu töten, bist du stolz, weil du etwas Gutes für dein Land getan hast, und du empfindest Freude, weil du überlebt hast! Unterstell all diesen mutigen Männern, die dort draußen ihren Dienst für das Vaterland leisten, ja nicht, sie seien perverse Mörder, die sich an dem erfreuen, was sie zu tun gezwungen sind!«

»Ich habe von den toten Tieren hier gesprochen«, sagte George in eisigem Tonfall, fuhr aber die Stimme immer weiter erhebend fort:

»Wen nennen Sie einen Feigling, *Sir*? Ich bin mit den einfachen Soldaten in den Schützengräben gewesen, darauf wartend, aufs Schlachtfeld geschickt zu werden. Und im Gegensatz zu Ihnen, der stets bequem in seinem Kommandostand bleibt, bin auch ich raus. Doch war ich schutzlos, hatte keine Waffen, sondern bloß eine Bahre und einen ebenso schutzlosen Kameraden an meiner Seite. Nennen Sie das Feigheit?

Und ja, es ist wahr, ich habe ›nur‹ versucht, unseren Männern das Leben zu retten. Ich habe nicht einen einzigen Feind beseitigt. Aber haben Sie Ihren Feind denn wirklich besiegt? Wenn das so wäre, warum warten wir dann hier auf den Beginn unseres nächsten Einsatzes? Was haben Sie und all die anderen Militärs aus welchem an diesem verfluchten Krieg beteiligten Land auch immer denn bisher erreicht als Millionen von Toten? Als ganze Landstriche in Schutt und Asche zu legen? Mein Verhalten ist durch die Worte Jesu Christi gerechtfertigt: ›**Liebet eure Feinde**; tut denen Gutes, die euch hassen! Segnet die, die euch verfluchen; betet für die, die euch beschimpfen!‹ Was ist Ihre Rechtfertigung?«

»Komm mir bloß nicht mit Jesus! Jeder weiß, dass seine Aussagen nicht wörtlich genommen werden können. Ich bestreite nicht, dass dieser Krieg unglaubliche Opfer fordert. Doch ist dies der Preis, den man für seine Freiheit zu zahlen hat, wenn ein Aggressor wie die verdammten Deutschen versucht, sie dir wegzunehmen. Bekämpfst du das Böse nicht, machst du dich zu seinem Helfershelfer!«

An dieser Stelle unterbrach George den Offizier:

»Ich habe niemals gesagt, ich hielte es für richtig, das Böse nicht zu bekämpfen. Aber dies muss ohne Waffen getan werden, auf gewaltfreie Weise.«

»Machst du dich über mich lustig?«, brauste Tschaikowski auf, bevor er in überlegenem Tonfall fortfuhr:

»Wie bitte schön willst du eine moderne Armee ohne mindestens gleichwertige Bewaffnung bekämpfen? Wie stellst du dir vor, die **Mittelmächte** gewaltlos zu schlagen? Ich habe dich als einen intelligenten Menschen kennengelernt. Ernsthaft, George, wie kannst du nur einen derartig lächerlichen Vorschlag machen?«

»Wenn Sie mich ausreden lassen, werden Sie sehen, dass er nicht im Mindesten lächerlich ist – und dass er nichts für Feiglinge ist: Ich rede vom friedlichen Widerstand der gesamten Bevölkerung, darüber, Panzer mit unbewaffneten Leuten zu begegnen, die willens sind, sich erschießen zu lassen. Über Sabotage von Infrastruktur, die Verweigerung jeglicher Zusammenarbeit …«

»Lächerlich! Hast du eine Ahnung, wie viele unschuldige Menschen getötet würden? Und wozu? Glaubst du wirklich, du könntest Panzer auf diese Weise aufhalten?«

»Ja, das tue ich. Soldaten sind ganz normale Menschen. Sie werden bloß zu Mördern, weil sie wissen, dass, falls sie ihren Feind nicht erschießen, der Feind sie erschießen wird. Besteht ihr Feind jedoch aus Unbewaffneten, verlieren sie ihre Recht-fertigung, die gleichzeitig das Druckmittel ist, das sie töten lässt. Selbstverständlich wird es auch immer welche geben, denen es nichts ausmacht, auf Unbewaffnete, Frauen, Kinder oder Alte zu schießen. Doch bin ich davon überzeugt, dass die meisten Soldaten – selbst deutsche – nicht fähig sind, solch schreckliche Dinge immer wieder zu tun. Und ja, Sie haben Recht: Der Verlust an Menschen wäre gewaltig. Doch so ent-setzlich das klingt: Greift eine moderne Armee Ihr Land an, ist dies unweigerlich der Preis – so oder so. Oder wollen Sie mir ernsthaft weismachen, dass all das Gekämpfe, das in den letzten Jahren in aller Welt vor sich gegangen ist, einen derartigen Verlust verhindert hätte? – Im Gegenteil: Noch nie hat die Welt derartige **Opferzahlen** gesehen!«

Mit einem Mal sehr traurig meinte Tschaikowski dazu:

»Du würdest niemals die Menge an Leuten zusammen-kriegen, die man für solche Aktivitäten braucht. Wer würde schon einem Panzer die Stirn bieten, um ermordet zu werden? Und das auch noch mit Kindern? Das ist barbarisch!«

»Sie wollen mir nicht erzählen, dass in diesem Krieg, der auf Ihre Weise geführt wird, bisher keine Frauen und Kinder gestorben wären. Krieg an sich ist barbarisch. Das ist der sprin-gende Punkt. Und ja, ich stimme mit Ihnen überein, dass ein-fach so keiner den Mumm hätte, sich einem Panzer entgegen-zustellen. Derartiges benötigt eine entsprechende Erziehung.

Für dieses Mal ist es zu spät. Ich rede vom nächsten Krieg. Um eine Wiederholung der gegenwärtigen Situation zu verhindern, müssen wir unsere Strategien überdenken. Und wir müssen eine neue Einstellung zum Tod finden: Betrachtet man ihn als das ultimative Ende der eigenen Existenz, macht dies es zweifellos äußerst schwierig, das eigene Leben zu opfern. Konzentriert man sich dagegen mehr auf den zyklischen, jegliche Materie ausnahmslos in ihrer Gänze wiederverwendenden Charakter alles Natürlichen, findet man vermutlich trotz des in der Bibel Gesagten heraus, dass wir alle auf die ein oder andere Weise wiedergeboren werden. Oder glauben Sie etwa wirklich, dass an einem bestimmten Tag in der Zukunft sämtliche Leute, die je auf diesem Planeten gestorben sind, auf wunderbare Weise ihre Körper zurückerhalten, mit diesen aus ihren Gräbern steigen und sich brav in eine Schlange einreihen, um darauf zu warten, gerichtet zu werden?«, frage George spitz.

»Du glaubst nicht an das **Jüngste Gericht**?«, stellte Tschaikowski die Gegenfrage, worauf George erwiderte:

»Doch, das tue ich. Aber in diesem Fall bin ich es, der denkt, dass man die Aussagen der Bibel nicht sämtlich wörtlich nehmen sollte. Mit einer wissenschaftlichen Ausbildung kann man das nicht. Trotzdem glaube ich, dass wir, wenn wir sterben, die Welt von Zeit, Raum und Materie verlassen und es daher in jener anderen Sphäre auf gewisse Weise tatsächlich so etwas wie ein einzelner Tag sein mag. Doch aus unserer Perspektive hier findet das Gericht vermutlich eher für jeden einzelnen im Moment des jeweiligen Todes statt.

Ich fürchte, ich kann nicht wirklich sagen, wie das geschieht, doch glaube ich ganz sicher nicht, dass Jesus irgendwo in demselben Körper herumsitzen wird, in dem er gekreuzigt wurde, und die Leute jeweils auf einen Weg schickt, der entweder ins Paradies oder in die Hölle führt. Offengestanden macht das Konzept von **Karma** meiner Meinung nach weitaus mehr Sinn.«

»Aber nicht doch, jetzt werd nicht auch noch esoterisch!«, rief der Offizier entrüstet aus, doch blieb George ruhig:

»Ich rede nicht von Schicksal, wie Sie zu denken scheinen, sondern vom Gesetz von Ursache und Wirkung. Die Annahme, dass jeder von uns beobachteten Wirkung eine Ursache zugrunde liegen muss, ist in keinster Weise esoterisch, sondern die Grundlage jeglichen wissenschaftlichen Denkens.«

»Lieber George, bisher war mir das noch gar nicht aufgefallen, doch bist du in deinem Denken für den Durchschnittseuropäer bei Weitem zu indisch. Das allein ist bereits Grund genug dafür, dass deine Ideen nicht funktionieren werden.«

»Da könnten Sie Recht haben«, gab George zutiefst niedergeschlagen zu, fügte dann jedoch hoffnungsvoll hinzu:

»Mit der Zeit aber können Menschen sich ändern, gibt man ihnen die Chance dazu.«

Nach der langen Pause, die auf diese Aussage hin folgte, wandte Tschaikowski sich seinem jungen Freund ein weiteres Mal zu – diesmal sehr finster dreinschauend:

»Hast du ernstlich gemeint, was du vorhin gesagt hast – dass ich ein Feigling bin, der seine Position als ranghoher Offizier ausnutzt, um nicht aktiv in den Kampf verwickelt zu werden?«

Den Blick seines Freunds offen erwidernd erklärte George:

»Nein, nicht wirklich. Es war vielmehr meine Absicht, den Unterschied zwischen Ihrer und meiner Lage in der Schlacht hervorzuheben. Trotzdem, dass Sie überhaupt dieser Offizier *geworden* sind – das ist, wo der Feigling sich zeigt.«

»Was willst du damit sagen?«, fragte Tschaikowski barsch.

Noch immer direkt in das Gesicht seines Freunds schauend erwiderte George, ohne dessen Aufgebrachtheit zu spiegeln:

»Der Offizier ist der Mann, der es sich verwehrt hat, die Person zu sein, die er ist, und sich stattdessen all den Erwartungen gebeugt hat, die Gesellschaft wie adelige Familie an ihn gestellt haben. Er ist der Mann, der seinem Sohn nicht gestatten konnte, sich nicht anzupassen, da er es sich selbst nicht erlaubt hatte. Und weshalb? – Weil er nicht den Mumm besessen hat, dies zu tun!«

An dieser Stelle unterbrach Tschaikowski George, indem er mit mühevoll kontrollierter Stimme hervorbrachte:

»Raus hier, bevor ich mich vergesse.«

George gehorchte, doch sagte er beim Verlassen des Raums so sanft, dass es nahezu zärtlich klang:

»Sie, mein väterlicher Freund, sind derjenige, der den Mut aufgebracht hat, diesen Mann hinter sich zu lassen.«

Schmerzerfüllt

Als George nach der erhitzen Debatte zwischen Tschaikowski und sich draußen auf der zur kleinen Veranda der Jagdhütte führenden Treppe saß, dauerte es nicht lange, bis Eleanor erschien und sich neben ihn setzte. Sie machte ihm ein Angebot:

»Du könntest mit mir zurückkehren und bei uns bleiben, bis du eine andere Unterkunft gefunden oder dir überlegt hast, wie und wo du deinen Fronturlaub sonst verbringen möchtest.«

George entgegnete:

»Das ist sehr großzügig von dir. Doch habe ich nicht vor, deinem Vater den Rücken zuzukehren. Sobald er sich ein wenig beruhigt hat, werde ich zu ihm gehen und mich entschuldigen. Vor dir hätte ich nicht äußern sollen, was ich gesagt habe. Das hat ihn in eine schwierige, unangenehme Lage gebracht. Er hat es momentan ohnehin schwer. Da war es nicht nötig, ihn bloßzustellen. Das habe ich lediglich getan, weil … Ich gebe zu, ich habe mich verletzt gefühlt, als ich die Hütte betreten hatte. Trotzdem war, was ich gesagt habe, nicht als verschleierte Kritik an deinem Vater gemeint, wie er dies verstanden hat.

Vielleicht findest du das lächerlich oder unmännlich, doch stimmt mich jeder vorzeitige, gewaltsame Tod traurig, nicht nur der von Menschen. Ich stimme mit deinem Vater überein, dass einige Tiere leider zum Schutz anderer Arten getötet werden müssen. Doch wie kann man das Leiden und den Tod eines anderen Wesens als Sport betrachten?

Vielleicht hat es damit zu tun, dass ich auch nicht-britische Vorfahren habe, doch finde ich diese Einstellung so typisch für die koloniale Arroganz der Europäer: Alles und jeden, was oder wer anders ist, betrachten sie als unterlegen. Dabei wird diese Einstellung lediglich durch einen weitverbreiteten Mangel an Wissen ermöglicht: Meine ›minderwertigen‹ indischen Vorfahren mit ihrer vergleichsweise dunklen Haut, die ich von ihnen geerbt habe, zum Beispiel, haben bereits in hochzivilisierten Staaten mit Großstädten und mit denen der Griechen in nichts nachstehenden spirituellen, philosophischen wie erzählerischen Traditionen gelebt, als meine Vorfahren aus Großbritannien noch mit Bärenfellen um ihre Taillen herumgelaufen sind.

Versteh mich bitte nicht falsch: Ich versuche nicht, die Europäer herabzusetzen. Immerhin bin ich selbst einer. Es macht keinen Sinn, stolz auf seine Vorfahren zu sein oder sich ihrer zu schämen. Ihre Taten und Errungenschaften oder Fehler sind ihre, nicht die unsrigen. Ich wollte bloß darauf hinweisen, dass, wenn arrogante Leute, wo auch immer sie herkommen, einmal näher hinschauen würden, mit einem offeneren, interessierteren und vor allem wertschätzenden Blick, sie die Chance hätten herauszufinden, dass zu Überheblichkeit kein Anlass besteht.

Dasselbe gilt für die Beziehung von uns Menschen – und leider auch hier hauptsächlich uns Europäern – zur Natur. Unsere natürliche Umgebung mit all ihren sie erschaffenden Arten wie Landschaften ist ein Geschenk, das wir von Gott erhalten haben. Es ist nichts, das wir geschaffen hätten oder zu schaffen vermöchten. Trotzdem aber schätzen wir die Natur nicht, sondern geben lieber vor, sämtlich kleine Könige zu sein mit dem Recht zu töten, was oder wen auch immer wir nicht mögen oder in eine Trophäe verwandeln wollen, mit der wir dann unsere Räume dekorieren, um unsere eigene Machtfülle wie Großartigkeit zur Schau zu stellen …

Entschuldige, dass es ein wenig mit mir durchgegangen ist. Aber ohne die verfluchte Arroganz *aller* europäischen Nationen, die sämtlich so stolz auf ihr sogenanntes nationales Erbe sind und daher auf das der anderen herabschauen, würden wir uns nicht im Krieg befinden. Überheblichkeit und Gier sind die wahren Gründe dafür, weshalb zahllose Menschen auf der ganzen Welt eines gewaltsamen Todes sterben, während wir zwei hier sitzen. Und obwohl dein Vater und ich unterschiedlicher Meinung sind, wie wir am besten damit umgehen, dazu gezwungen zu sein, an diesem Geschehen teilzunehmen, möchte ich, dass du weißt, dass ich ihm den von ihm gewählten Weg nicht vorwerfe. Er tut sein Bestes und das mit den nobelsten Absichten.

Eleanor, trotz allem, was ich heute gesagt habe, möchte ich nicht, dass du von deinem Vater denkst, er sei ein Feigling. Das ist er nicht. Es ist wahr, dass ein Offizier nicht andauernd aus dem Schützengraben in seinen möglichen Tod zu springen hat. Genauso wahr ist allerdings, dass man sehr tapfer sein muss, um die Verantwortung für das Leben all der Soldaten auf sich zu nehmen, die tun, was sie tun, weil man selbst es ihnen befohlen hat.

In der Schlacht haben dein Vater und ich uns jeweils auf sehr seltsame Weise einer ähnlichen Situation ausgesetzt gefunden: Aus unterschiedlichen Gründen haben wir beide dabei zusehen müssen, wie unzählige unserer Soldaten verwundet worden oder gestorben sind, ohne dass wir fähig gewesen wären, helfend einzugreifen. Denn obwohl dein Vater die Macht hat, eine Strategie zu ändern oder Befehle zu geben, um eine Situation zu verändern, kann er trotzdem nicht das Leben der Soldaten retten, die im gegebenen Augenblick angegriffen werden. Er vermag lediglich zuzuschauen und zu versuchen, andere zu retten. Und ich kann dir sagen, dass es selbst für mich, der keinem dieser Männer befohlen hat, das zu tun, was sie tun, unerträglich ist, in die Rolle des Beobachters gezwungen zu sein, wenn sie in Massen niedergemäht werden oder an Gas ersticken. Nicht auszudenken, wie es sein muss, derjenige zu sein, der sie in ihr Grab geschickt hat …«

Eine Zeit lang saßen Eleanor und George schweigend nebeneinander. Während er in die vor ihm liegende Landschaft zu schauen schien, ohne irgendetwas zu sehen, betrachtete sie ihn nachdenklich. Da waren auf einmal aus dem in der Hütte aufgestellten Grammophon die Klänge des letzten Satzes der **Symphonie Pathétique** von Piotr Iljitsch Tschaikowski zu hören. Wie in Trance stand George auf und ging hinein.

Nachdem Eleanor ihm folgend den Hauptraum der Hütte betreten hatte, sah sie ihren Vater auf dem Boden vor einem kleinen Berg aus Geweihen sitzen, die er zwischenzeitlich sämtlich von den Wänden genommen hatte. George hatte sich an seiner Seite niedergelassen und starrte wie ihr Vater auf den Haufen – als würden die zwei einem Requiem für die ermordeten Tiere lauschen. Sie wirkten beide so zerbrechlich, so unglaublich traurig, so gebrochen und einsam, gleichzeitig aber seltsamerweise auch überaus stark. Als Eleanor plötzlich begriff, dass keiner von beiden fähig war, über das im Krieg Erlebte zu weinen – nicht einmal mit Hilfe dieser Musik – brach sie in Tränen aus.

Erst in diesem Moment vergab sie ihrem Vater wirklich aus tiefstem Herzen. Plötzlich liebte sie ihn inniglich. Daher ging sie zu ihm, ließ sich an seiner anderen Seite nieder, umarmte ihn und versicherte ihm unter Tränen:

»Ich liebe dich, Dad, ich liebe dich so sehr.«

Sie seinerseits umarmend, murmelte der mit rauer Stimme:

»Meine **Nelly**, meine geliebte Tochter …«

Weiterzusprechen vermochte er nicht: Als sie begonnen hatte, ihm über den Rücken zu streichen, war es ihm schließlich doch gelungen zu weinen.

Trotz seiner eigenen Traurigkeit glücklich über diese Entwicklung, sich gleichzeitig aber umso einsamer fühlend erhob George sich, um die zwei sich selbst zu überlassen. Zu seiner Überraschung sprang Tschaikowski daraufhin seinerseits auf, um ihn zurückzuhalten. Als er George zu diesem Zweck wortlos umarmte, brach dieser mit einem Mal ebenfalls in Tränen aus.

3. Satz
Von Liebe überwältigt

Bei Tschaikowski, seiner Tochter und George sorgten die miteinander geteilten hochemotionalen Erlebnisse jeweils für ein Gefühl enger Verbundenheit miteinander. Während die zwei Genesenden in Jeans Jagdhütte wohnten, kam Eleanor sie regelmäßig besuchen, um ihnen neue Vorräte, aber auch die Post des Vaters zu bringen. Trotz dieses Kontakts zur Außenwelt versuchten die beiden Männer nach dem denkwürdigen Auftakt zu ihrem Aufenthalt, nicht weiter an den Krieg und ihre zukünftigen Pflichten zu denken, sondern bemühten sich, ausschließlich im Augenblick zu leben und ihre Ausflüge in die Natur zu genießen.

Auf einer ihrer ersten Touren entdeckten sie einen kleinen See. George zog sich umgehend aus und rannte begeistert in das eiskalte Wasser. Obwohl er Tschaikowski unter freudigem Gejohle lauthals einlud, es ihm gleichzutun, blieb der Ältere am Ufer. Er wollte keine erneute Lungenentzündung riskieren. Stattdessen genoss er es lieber, faul in der wärmenden Frühlingssonne zu liegen und sich als Zuschauer an der von seinem jungen Freund beim Schwimmen versprühten Lebensfreude zu erquicken.

Als George aus dem Wasser kam, veränderte sich die Atmosphäre jedoch schlagartig: Völlig unvermutet fühlte sein väterlicher Freund sich für ihn nicht länger wie ein Vater an. Aus seiner Vergangenheit kannte George die Art und Weise, auf die sein nackter Körper gerade betrachtet wurde. Und auch mit dem Ausdruck, der sich plötzlich auf Tschaikowskis Gesicht gelegt hatte, war er vertraut.

Der Offizier schien von seinen Gefühlen selbst schockiert zu sein. Das machte es für George nur umso schlimmer. Sich an die mit McAllister und damit einem übergeordneten Offizier gemachten sexuellen Erfahrungen erinnernd rief er bestürzt aus:

»Oh nein, nicht auch noch Sie! Bitte nicht!«

Anschließend zog er sich hastig an. Dies zu sehen, holte Tschaikowski aus seiner Trance. Aufspringend versicherte er seinem völlig verstörten Freund rasch, dass der ihn missverstanden hätte, dass er niemals … Doch gelang es ihm nicht zu sagen, was er nie tun würde, da George in Windeseile fortgestürmt war.

Tschaikowski eilte ihm nicht nach, sondern setzte sich stattdessen erneut ins Gras. Es machte keinen Sinn, sich etwas vorzumachen: Seit die zwei sich kennengelernt hatten, war George ihm immer mehr ans Herz gewachsen. Dabei hatte der Altersunterschied mit der Zeit immer weniger eine Rolle gespielt.

Seine Begegnung mit George hatte ihn vollkommen verändert. Dieser zwar junge, aber erstaunlich reife Mann verfügte über eine dermaßen ansteckende Lebenslust! Und dass Georges Aussehen nicht einfach nur exotisch war, sondern dass er so gut gebaut und attraktiv war, dass er das Zeug zum Frauenhelden hatte, war seinem Zimmergenossen bereits im Krankenhaus aufgefallen.

Doch als Witwer und Vater von zwei Kindern – vor allen Dingen als einer, der seinen eigenen Sohn wegen dessen Homosexualität in den Selbstmord getrieben hatte – hätte Tschaikowski niemals von sich gedacht, dass er sich von George einmal körperlich angezogen fühlen würde. Bis zu diesem Moment war es für ihn grundsätzlich unvorstellbar gewesen, dass irgendein Mann jemals Begehren in ihm erwecken könnte. Aber genau das war geschehen. Es nützte nichts, dies zu leugnen.

Das war ein Schock – nicht nur in Bezug auf sich selbst oder George, sondern auch auf seinen Sohn. War es nicht möglich, dass der seine sexuelle Veranlagung von ihm geerbt hatte? Hätte er seine Frau auch dann geheiratet, wäre er damals nicht ein Mann gewesen, der vermeintliche Pflichten stets erfüllt hatte, ein Mann, der nicht gewagt hatte, irgendetwas über sich selbst herauszufinden und dem dann auch gerecht zu werden?

War er sich selbst gegenüber ehrlich, musste er zugeben, dass es ihm, obwohl er seine Gattin geliebt hatte, niemals gelungen war, besonders zärtlich zu ihr zu sein, dass er niemals wirklich geschickt darin gewesen war, seine Liebe zu ihr körperlich zum Ausdruck zu bringen. Und war es tatsächlich seine große Liebe zu ihr gewesen, was dafür gesorgt hatte, dass er Abstand davon genommen hatte, nach ihrem Tod wieder zu heiraten?

Tschaikowski fand zu keinen eindeutigen Antworten, doch gestand er sich ein, dass er eine völlig andere Person sein könnte, als die, für die er sich die längste Zeit seines Lebens über gehalten hatte. Seine Begegnung mit George schien diesen anderen aus seinem bisherigen Versteck hervorgelockt zu haben. Dabei war ihm bewusst, dass George sein altes Ich nicht ausstehen konnte, sein gegenwärtiges dagegen umso mehr wertschätzte, je größer sein Mut war, sich selbst infrage zu stellen. Seine Tochter schien den, der er jetzt war, ebenfalls ihrem ehemaligen Vater vorzuziehen. Aber das hier? Mit der Vorstellung zurechtzukommen, dass er ein Mann sein könnte, der auch Männer liebt, war für Tschaikowski denkbar schwierig.

Als er nach langer Zeit endlich zur Jagdhütte zurückgekehrt war, saß George mit gepackter Tasche auf dem Sofa. Einen Stift in der Hand haltend starrte der in diesem Augenblick trotz seiner Jugend überhaupt nicht jung Wirkende auf ein leeres Blatt Papier. Sobald er Tschaikowski bemerkte, blickte er zu diesem auf und fragte verzweifelt:

»Liegt es an mir?«

Der Offizier nahm seinem Burschen in spe gegenüber in einem Sessel Platz und antwortete:

»Nein, George, ich glaube nicht. Es ist … Offen gestanden weiß ich es nicht. Vielleicht ist es einfach unser Schicksal. Doch bevor du jetzt gehst, möchte ich, dass du weißt, dass ich … Ich liebe dich, George. Niemals würde ich dir wehtun – jedenfalls nicht mit Absicht … Da ich Zeuge davon geworden bin, in welchem Zustand du dich nach dem Angriff McAllisters auf dich befunden hast, kann ich mir vorstellen, wie schrecklich die gegenwärtige Situation für dich sein muss. Und es tut mir entsetzlich leid, dass du dies meinetwegen durchmachen musst. Trotzdem möchte ich, dass du wenigstens weißt, dass ich niemals ein zweiter McAllister werden würde.

Das habe ich u.a. dir zu verdanken: Erst hast du mir bei dieser verdammten Besprechung das Leben gerettet, und später hast du mir auch noch dabei geholfen, mich von meinem früheren Selbst zu befreien sowie mein neues Ich mit beiden meiner Kinder auszusöhnen.

George, ich habe keine Worte, um meiner Dankbarkeit dir gegenüber Ausdruck zu verleihen. Doch empfinde ich gleichfalls, was für eine Enttäuschung ich für dich sein muss: Du hattest gedacht, mit mir eine Art Ersatzvater gefunden zu haben, so wie ich geglaubt hatte, du könntest für mich ein neuer Sohn sein. Und nun …

Es ist mir nur zu bewusst, dass ich viel zu alt bin, um für dich begehrenswert zu sein – und dass deine Entscheidung, jetzt zu gehen, vollkommen richtig ist. Sie wird uns beide retten – davor, uns gegenseitig ungewollt zu verletzen, würden wir vorgeben, dass unsere Beziehung noch genauso ist wie zuvor, oder im anderen Fall davor gezwungen zu sein, ein Doppelleben zu führen. Dir muss ich nicht sagen, dass ein intimes Verhältnis unter Männern gegen das Gesetz verstößt – nicht nur in Großbritannien.

Wie gesagt habe ich vollstes Verständnis dafür, dass du jetzt sofort gehen möchtest. Doch warte bitte noch, bis ich einen anderen Einsatz für dich gefunden habe. Sonst müsstest du in naher Zukunft als mein Offiziersbursche dienen, und das wollen wir doch beide nicht mehr, oder?

George, ich verspreche dir, dass ich dich nicht anrühren werde. Obwohl ich dich zugegebenermaßen begehre, weiß ich nicht einmal, ob ich das wirklich wollen würde. Dafür kommt all das für mich viel zu überraschend, weißt du. Bitte vergib mir. Es tut mir unendlich leid.«

George atmete tief durch, bevor er entgegnete:

»Es gibt nichts, das ich dir vergeben müsste. Ich weiß, dass du dir das nicht ausgesucht hast. Und um ehrlich zu sein, hätte es für mich eigentlich nicht solch eine Überraschung sein dürfen wie für dich. Ich hätte die Anzeichen sehen können und müssen. Doch habe ich das nicht gewollt. Wie du selbst gesagt hast, wollte ich einen Vater, keinen Liebhaber. Und jetzt …

Du hast Recht, es ist eine schwierige Situation für mich – wie sie es bestimmt auch für dich ist. Ich unterschätze den Schock nicht, der es für dich sein muss, dich zu einem Mann hingezogen zu fühlen – insbesondere für dich.

All dies braucht Zeit … Ich meine, wir beide brauchen Zeit, um uns in die Lage zu versetzen, mit dieser Situation fertigzuwerden – auf welche Weise auch immer. Den ganzen Weg herunter zur Hütte, während ich meine Tasche gepackt habe und als ich hier auf dem Sofa gesessen habe, um dir eine Nachricht zu schreiben, habe ich unaufhörlich über all das nachgedacht.

Zeit ist ein großartiger Heiler – und auch ein Helfer dabei, Lösungen zu finden. Es gibt nur ein Problem: Wir haben keine Zeit. Unser Aufenthalt hier ist begrenzt. Und du weißt genauso gut wie ich, was uns anschließend erwartet. Bisher haben wir ein Riesenglück gehabt. Doch bedeutet dies nicht, dass wir auch in Zukunft verschont bleiben werden …

Was wirst du tun, wenn ich gegangen bin? Hier sitzen und darauf warten, dass du gesund genug bist, in den Krieg zurückzukehren? Darüber grübeln, was hätte sein können und nicht zustande gekommen ist? In der Natur herumlaufen und dabei darüber fluchen, was aus dir geworden ist? – Und ich? Was werde ich tun? Irgendwo anders sitzen und genauso darauf warten, gesund genug für eine Rückkehr in den Krieg zu sein? Abermals einen Krankenwagen fahren und dabei andauernd daran denken, wie du dich in Italien selbst bestrafst?

Was für eine schreckliche Verschwendung! Wir haben die wunderbare Gelegenheit erhalten, uns daran zu erfreuen, geliebt zu werden – und trennen uns, weil wir von dieser Aussicht erschüttert sind. Lass uns ehrlich sein: Was wir beide im Augenblick empfinden, ist Furcht: Du hast Angst, ich könnte dich zurückweisen, weil ich dich alt und unattraktiv finde. Du fürchtest dich vor deiner Unerfahrenheit und der Möglichkeit, dass diese dazu führt, dass du mich verletzt. Wir beide schrecken vor den gesellschaftlichen Konsequenzen zurück, denen wir ausgesetzt wären, würde unsere Beziehung entdeckt. Und ich?

Um ehrlich zu sein, mach ich mir bei dem Gedanken in die Hosen, dass der Mann, der du mittlerweile bist, sich in sein früheres Ich zurückverwandeln könnte und du gegen deinen Willen auf einmal doch zu einem zweiten McAllister würdest. Und ich habe Angst … dass die mir von ihm zugefügten Wunden Geschlechtsverkehr für mich schmerzhaft machen könnten, obwohl die Ärzte gesagt haben, dass alles gut verheilt ist …«

»Vermagst du mit dieser Angelegenheit wirklich derartig rational umzugehen?« fragte Tschaikowski verblüfft, woraufhin George unumwunden zugab:

»Nein, ganz und gar nicht, **Piers**.«

»Piers?« wunderte der Offizier sich.

George erklärte:

»Nach allem, was passiert ist, kann ich wohl kaum noch ›Sir‹ zu dir sagen, oder? Dein richtiger Name jedoch ist der von dem Typen, der du in der Vergangenheit gewesen bist. Der Mann, der mir hier gegenüber sitzt und mir gestanden hat, mich zu lieben, ist eine andere Person. Und die sieht aus wie

Tschaikowski. Insgeheim habe ich dich immer so genannt, doch jetzt … Ich denke, es ist an der Zeit, dass wir uns gegenseitig mit dem Vornamen anreden, meinst du nicht auch?«

»Ähm, ja, es ist nur so …«

»Magst du ›Piers‹ etwa nicht?«

»Ich muss schon zugeben, dass ich mich erst daran gewöhnen muss. Obwohl … Ich mag die Idee. Ein neuer Name für eine neue Person, etwas, das wir allein für uns haben. Aber trotzdem …«

»Du wunderst dich, dass ich die Sache so überaus verstandesmäßig angehe«, unterbrach George, um gleich darauf zu erklären:

»Weißt du, es ist nicht so, dass ich keine Gefühle hätte und daher über alle diese meine Gedanken rede. Es ist vielmehr so, dass … Ich versuche zu rationalisieren, was ich fühle, damit ich mich meinen Empfindungen nicht stellen muss. Es handelt sich um Feigheit im Angesicht des Feinds … weil …

Oh Gott, Piers, während ich darüber nachgedacht habe, was ich dir schreiben soll, habe ich begriffen … dass wir nicht Vater und Sohn sind. Wir sind nicht miteinander verwandt. Und es ist mir scheißegal, wie alt du bist und ob man dir dein Alter ansieht oder nicht. Ich bin nicht an einer *Affäre* interessiert. Verstehst du? Ich habe mich in dich *verliebt*, Piers. In *dich* – die Person, dein neues Selbst, deine veränderte Persönlichkeit, wie auch immer du das nennen möchtest.

Dies schließt den Körper mit ein, das ist wahr, aber … Wie du aussiehst, ist für mich nicht auschlaggebend, obwohl ich durchaus finde, dass du dich für achtundfünfzig gut gehalten hast. Deine Ähnlichkeit mit Tschaikowski ist etwas, das mir schon immer gefallen hat. Das stimmt. Doch würdest du völlig anders aussehen, ja sogar älter, als du bist, wärst aber noch immer dieselbe Person – ich würde dich nicht weniger lieben. Ich hab bloß viel zu viel Angst, das zuzugeben …«

Nach diesem Liebesgeständnis ging Piers tief bewegt zum Sofa, stellte die Tasche auf den Boden und setzte sich neben George. Anschließend legte er vorsichtig eine Hand auf dessen Oberschenkel und bekannte mit belegter Stimme:

»Das ist, was ich an dir mag: Vor Widrigkeiten schreckst du nie zurück. Daher werde auch ich versuchen, mutig zu sein: Liebster George, ich brauche deine Hilfe. Denn ich habe mich noch nie so unsicher gefühlt. Als der Ältere sollte ich eigentlich der Erfahrenere sein, aber …«

»So ein Unsinn! Hör nicht auf Klischees, sondern einfach nur auf dein Herz. Wenn wir im Augenblick nichts Besseres zustande bringen, dann lass uns eben gemeinsam Angst haben. Das wäre immerhin ein Anfang«, meinte George völlig ernsthaft.

Erleichtert, amüsiert und glücklich brach Piers hierüber in ein lautes Lachen aus, in das George schließlich mit einstimmte.

4. Satz
Ertappt

An dem Tag, der auf die mutige Entscheidung folgte, ein Paar zu werden, saßen George und Piers auf der Außentreppe der Jagdhütte im Sonnenlicht und küssten sich stürmisch, als George plötzlich innehielt und den erstaunten Piers sanft von sich stieß.

»Wir werden beobachtet, das fühle ich deutlich«, sagte er sichtlich alarmiert.

Von Piers gefolgt erhob er sich und beobachtete den zur Hütte führenden Pfad. Es war niemand zu sehen, doch die Zweige eines Baums bewegten sich, als seien sie soeben erst berührt worden. Offenbar hatte jemand schnell den Pfad verlassen und sich hinter dem Baum verborgen. Als George einen Fuß nach vorn setzte, um nach dort unten zu gehen, verließ die Person ihr Versteck: Es war Eleanor. Ihr Besuch bei ihnen war für den nächsten Tag geplant gewesen. Daher hatten sie sich sicher gefühlt. Jetzt aber war ihr Geheimnis entdeckt.

Dies war sowohl für Piers als auch für George ein derartiger Schlag, dass sie beide wie angewurzelt stehenblieben. Das zu sehen, schien Eleanor die Kraft zu geben, sich erneut in Bewegung zu setzen. Als sie die zwei erreichte, sagte sie, ohne stehen zu bleiben oder einen von ihnen anzusehen, sondern sich stattdessen auf direktem Weg in die Küche begebend:

»Ich habe euch etwas zu Essen gebracht.«

Piers bat George, draußen zu warten, weil er mit seiner Tochter unter vier Augen sprechen wolle. Doch sobald er sich der Küche genähert hatte, war von ihm lediglich ein ersticktes »Nelly« zu hören. Anschließend blieb er, unfähig überdies auch nur einen Ton von sich zu geben, im Eingang stehen. Als Eleanor sich daraufhin zu ihm umdrehte, sah er, dass sie Tränen in den Augen hatte. Weiteren Blickkontakt mit ihm vermeidend wandte sie sich dem Fenster zu und sagte mit seltsam dünner Stimme:

»Seit George in dein Leben gekommen ist, hat du dich bis zur Unkenntlichkeit verändert. Aber … Obwohl ich Zeugin davon geworden bin, wie du ihn förmlich mit den Augen verschlungen hast, wenn er in unserem Haus Klavier gespielt hat, hätte ich niemals geglaubt, dass … dass der Wandel in deiner Persönlichkeit auch beinhalten könnte, dass du Geoffrey in dir findest. Und jetzt … So viele Jahre, nachdem er sich das Leben genommen hat, bist du auf einmal sein Vater geworden.«

Nachdem sie dies gesagt hatte, wandte Nelly sich Piers zu:

»Sind das nun gute oder schlechte Nachrichten? – Ich fürchte, ich weiß es nicht. Doch mach ich mir große Sorgen um euch – nicht nur um dich, Dad, auch um George. Wir wissen beide, was ihm passiert ist – und noch schlimmer: was Geoffrey zugestoßen ist. Und obwohl ich George wirklich mag und versuche, verständnisvoll zu sein, bin ich schockiert: Er ist so jung, dass er fast *mein* Sohn sein könnte. Wäre er eine junge Dame seines Alters, wäre dies bereits …

Entschuldige, mir fehlen die Worte. Ich rede nicht von dem Skandal, sondern den Schwierigkeiten einer Beziehung zwischen einem Großvater und einem Enkel. Vergib mir, Dad, dass ich das so geradeheraus sage …

Nun ist er aber keine junge Dame. Dass *er* nicht weiser ist, als seinen Gefühlen zu folgen, kann ich verstehen. Er ist zu jung, um anders zu handeln. Aber du? Dad, du trägst eine Verantwortung! Worauf ihr zwei euch eingelassen habt, bricht nicht nur ein gesellschaftliches Tabu, es stellt eine streng geahndete Straftat dar! Solltest du George wirklich lieben, Dad, dann tu ihm das nicht an. Im Gegensatz zu dir hat er noch sein ganzes Leben vor sich!«

»Du erinnerst mich an mein altes Selbst, wie ich damals mit Geoffrey geredet habe«, erwiderte Piers ohne jeglichen Vorwurf in der Stimme. Er war lediglich traurig, da er zugeben musste, dass die Hindernisse, von denen seine Tochter sprach, nicht zu leugnen waren. Die kommentierte:

»Vielleicht lag dein altes Selbst ja nicht mit allem falsch, was du in Bezug auf ihn gesagt und getan hast.«

An dieser Stelle erschien plötzlich George in der Küche. Obwohl er Verständnis dafür gehabt hatte, dass Piers als Eleanors Vater zuerst mit ihr hatte sprechen wollen, war er ihm trotzdem von den beiden unbemerkt gefolgt, um ihrer Unterhaltung vom Hauptraum der Hütte aus zu lauschen. Er hatte es nicht Piers allein überlassen wollen, dieses wichtige Gespräch zu führen. Der war trotz seines Alters wie Rangs, der Familienbande usw. nicht sein Sprachrohr. George war ganz gut in der Lage, für sich selbst zu sprechen – und wollte dies auch tun. Daher schaltete er sich jetzt ein, ohne darum gebeten worden zu sein:

»Tut mir leid, euch zwei zu unterbrechen. Doch bin ich nun einmal mit in diese Angelegenheit verwickelt. Ihr habt beide mit fast allem von euch Erwähnten Recht. Der einzig wesentliche Irrtum besteht in der Annahme, ich hätte noch mein gesamtes Leben vor mir. Nein, lasst mich bitte ausreden.

Eleanor, du hast die Beziehung zwischen deinem Vater und mir falsch eingeordnet. Sie findet nicht unter den üblichen gesellschaftlichen Bedingungen statt. Anders als du und deine Familie haben wir zwei nicht das Glück, ein normales Leben in Frieden führen zu dürfen. Trotz der gegenwärtigen Pause handelt es sich bei uns noch immer um im Krieg befindliche Soldaten. Der gegenwärtige Genesungsurlaub könnte die letzte Zeit in beider unser

Leben sein, zu der uns die Gelegenheit geschenkt wird, uns an der Liebe von jemandem zu erfreuen, dessen Gefühle wir erwidern.

Und so schwer das ist, wissen wir beide, dass all unsere Freiheit und damit auch die, unsere gegenseitige Liebe frei auszudrücken, enden wird, sobald wir von diesem Berg heruntersteigen. Es wird wieder ›Sir‹ und ›Randall‹ heißen.

Bitte, Nelly, diese kurze Zeit ist dermaßen kostbar. Näher werden dein Vater und ich echtem Frieden möglicherweise niemals mehr kommen. Und sag jetzt nicht, ich sei zu pessimistisch. Wer nicht dort in den Schützengräben und auf den Schlachtfeldern gewesen ist, hat keine Vorstellung davon, wie das wirklich ist. Dieser Krieg ist eine Männer verschlingende **Hydra**, die nicht zwischen alt und jung unterscheidet.

Unseren Aufenthalt hier nicht davon überschatten zu lassen, ist bereits schwer genug. Bitte, Nelly, erlaube deinem Dad und mir dessen eingedenk, die Liebe und damit das Leben so lange wie möglich zu feiern, bevor wir in diese Hölle aus Hass zurückkehren müssen. Und halte mich bitte nie wieder für naiv, bloß weil ich noch jung an Jahren bin. Um wirklich jung zu sein, habe ich Leiden und Tod zu vieler Menschen miterleben müssen – nicht nur von Fremden: mein Zwillingsbruder, meine Mutter wie meine heimliche Verlobte zählen ebenfalls zu den Verstorbenen …

So traurig dies ist, gibt es etwas, dass deinen Vater und mich verbindet: Sobald wir unsere Augen schließen, sind wir wieder dort, in jener Hölle, die sich Krieg nennt. Bitte gib uns die Chance, einige Erinnerungen zu sammeln, von denen wir zehren können, wenn wir abermals aktiv im Dienst stehen.«

Im Anschluss an diese Erklärung wandte George sich an seinen Liebsten und entschuldigte sich selbstbewusst bei ihm:

»Sorry, Piers, ich weiß, du wolltest sie schonen, aber ich finde, dass man auf keinen Fall unerwähnt lassen darf, was unser beider Leben maßgeblich bestimmt.«

»Schon ok«, erwiderte Piers ein wenig verlegen, während Nelly überrascht fragte:

»Piers?«

Dies gab ihrem Vater die Gelegenheit zu erklären, was es mit seinem neuen Namen auf sich hatte, und so das Thema zu wechseln.

Hexenjagd

Nach der Entdeckung ihrer Beziehung durch Tschaikowskis Tochter genossen Piers und George den Rest ihres Genesungsurlaubs ungestört. Es sollte für beide die beste Zeit ihres Lebens sein – auch dank Nelly. Die erzählte nie irgendjemandem von ihrer Entdeckung. Im Gegenteil unterstütze sie die zwei aktiv: Gegen Ende ihres Fronturlaubs wohnten ihr Vater und sein Liebster ein weiteres Mal bei ihrer Familie, bevor sie nach Italien reisten, um wieder zur Armee zu stoßen. Während dieser Zeit half sie ihnen, sich daran zu gewöhnen, ihre Partnerschaft zu verbergen. Zu diesem Zweck machte sie George sogar ein besonderes Geschenk: die Partitur von Tschaikowskis Symphonie Pathétique.

Die Idee dahinter war, ihn mit etwas zu versorgen, das hilfreich sein könnte, seine Empfindungen für Piers auf verwandelte Weise auszudrücken. Denn sie lag völlig richtig mit der

Annahme, dass George ein Ventil für seine starken Gefühle benötigen würde. Dabei hatte sie allerdings nicht vorhergesehen, dass dieses Geschenk die beiden Liebenden in die Lage versetzen sollte, eine aus gesummten Musikzitaten bestehende Geheimsprache zu entwickeln.

Sowohl für George als auch für Piers stellte es sich trotz ihrer festen Absichten als sehr schwierig heraus vorzugeben, lediglich gut befreundet zu sein. Obgleich Piers es leichter fand, seine Gefühle zu verbergen, da er dies als Offizier im Grunde sein ganzes Leben lang trainiert hatte, war es oft nicht die gelungene Verstellung, sondern Georges hoch entwickelter Sinn für Gefahr, was die beiden davor rettete, ihr Geheimnis preiszugeben.

Leider brachte sein mit diesem Sinn eng zusammenhängendes Talent für Vorahnungen die beiden letztlich in Schwierigkeiten: Obwohl viele Offiziere in Piers' Kommandostab den Rat des Offiziersburschen schätzten und ihn wie eine Art Maskottchen behandelten, fanden manche, dass der Offizier zu abhängig von einem Wehrdienstverweigerer war, der ihrer Meinung nach nicht in der von ihm bekleideten Stellung hätte dienen dürfen. Überdies fanden sie es verdächtig, dass ein ranghoher Offizier und sein »indischer« Diener sich oft ohne alle Worte verstanden.

Eine derartige Nähe zwischen Männern solch unterschiedlichen Rangs und Stands war bei ihnen nicht gern gesehen. Genährt von der Tatsache, dass Tschaikowski persönlich George diesen Job verschafft hatte, verbreiteten sie daher das Gerücht, der Offizier habe eine Affäre mit seinem ebenso jungen wie gut aussehenden Burschen.

Da sie hierfür allerdings keinerlei Beweise finden konnten, argumentierten sie schließlich, um die Autorität eines Offiziers zu untergraben, reiche es bereits aus, Anlass zu einem derartigen Verdacht zu geben. Folglich sei Tschaikowski nicht länger tragbar – insbesondere in Anbetracht des Umstands, dass der Offizier, sich auf Georges Ahnungen verlassend, oft aus einer Laune heraus zu agieren schien statt auf der Grundlage strategischen Denkens. Von dieser unterstellten Unprofessionalität wiederum wurde behauptet, sie stelle eine Schande für die britische Armee dar, was u.a. deren Ruf bei den italienischen Verbündeten schädige.

Dies war absoluter Unsinn, da es sich bei Tschaikowski um einen der erfolgreichsten Offiziere an diesem Frontabschnitt handelte. Tatsache war vielmehr, dass die kleine Gruppe ihn kritisierender und Gerüchte streuender Offiziere sich in ihrem von Klassendünkel wie Nationalstolz geprägten Führungsstil hinterfragt sah. Daher ärgerten sie sich über Piers' Erfolge, wo sie selbst Schwierigkeiten hatten, wie z.B. im Umgang mit den italienischen Kampfgefährten, und hätten ihn gerne zum Sündenbock für die daraus resultierenden vermeidbaren Verluste gemacht.

Bei dieser Hexenjagd ständig einen Schritt voraus sein zu müssen, machte Piers und George das Leben unnötig schwerer, als es dies ohnehin schon war – und das nicht nur wegen ihres Geheimnisses: Aufgrund des unübersichtlichen Bergterrains wäre Piers' Frontabschnitt bereits unter normalen Bedingungen eine große Herausforderung gewesen. So aber sahen die zwei sich unablässig gezwungen, einen Mehrfrontenkrieg zu kämpfen. Das vergiftete ihr Dasein und machte jegliche private Handlung nahezu unmöglich.

Am Ende wurde Tschaikowski befohlen, an einer Offiziersbesprechung in einem anderen Frontabschnitt teilzunehmen. Das war an sich nichts Ungewöhnliches. Zwar war der Weg dorthin gefährlich, doch stellte auch dieser Umstand nichts Außergewöhnliches dar und wurde als unabänderlich hingenommen, obwohl George unter schlimmen Vorahnungen litt.

Nun war es als Offiziersbursche u.a. seine Pflicht, den Offizier zu schützen, dem er zugeordnet war, doch begleitete George Piers weniger aus Pflichtgefühl, sondern vor allem, um ihm im Zweifel auch ohne Waffen zur Seite zu stehen. Piers wiederum wäre es nie in den Sinn gekommen, sich völlig grundlos seinen Pflichten zu widersetzen – zumal ihm diese von Vorgesetzten auferlegt worden waren, die zu seinen Unterstützern zählten. Dazu gaben Georges diesmal besonders vage Vorahnungen keinen Anlass.

Als Piers und George trotz aller aufgrund dieser Ausgangslage geübten Vorsicht in einen Hinterhalt gerieten, dachten sie zunächst, sie hätten ebenso unbemerkt wie unabsichtlich die Frontlinie überschritten. Doch waren es keine Österreicher, die sie gefangen nahmen, sondern einige von Piers' Kritikern aus den eigenen Reihen.

An einer mit Gras bewachsenen, von gräulichen Felsen kreisförmig umschlossenen Stelle wurde dem Offizier und seinem Burschen mit vorgehaltenem Gewehr befohlen, die Uniformen auszuziehen und sie zusammen mit ihren Erkennungsmarken sowie Piers' Waffen zu übergeben. Anschließend wurden die zwei Liebenden ohne viele Umstände standrechtlich erschossen.

In dem Moment, in dem die Schüsse auf sie abgegeben wurden, nutzte Piers das Dämmerlicht, um rasch Georges Hand zu ergreifen, bevor die Geschosse sie trafen und zu Boden warfen.

Durch diese Geste verstand George, dass sein Partner weder ihm etwas vorwarf, noch selbst etwas bereute, sondern ihm zu verstehen geben wollte, dass er ihn über den Tod hinaus liebte.

Koda

Im Gegensatz zu Piers, der sofort starb, überlebte George von den Tätern unbemerkt, dabei allerdings schwerverletzt: Zwar war sein Herz nicht wie beabsichtigt getroffen worden, doch hatte er einen Lungendurchschuss sowie durch den anschließenden Fall mit dem Hinterkopf auf einen Felsen einen Schädelbruch erlitten. Als er von italienischen Truppen entdeckt wurde, hatte er bereits viel Blut verloren. Deshalb sowie aufgrund seiner sich rasch verschlimmernden Schädelverletzung wurde er kurz nach seinem Auffinden bewusstlos. Zusammen mit anderen verwundeten Soldaten transportierte man ihn so schnell, wie es das bergige Terrain erlaubte, zum nächsten Feldlazarett. Trotz aller Bemühungen seiner Retter sowie sämtlicher folgender medizinischer Behandlungen fiel er letzten Endes jedoch ins **Wachkoma**.

Allerdings handelte es sich bei dem, was als **apallisches Syndrom** erschien, in Wirklichkeit um ein **Locked-in-Syndrom**. Folglich bekam George durchaus mit, was um ihn herum vor sich ging, war jedoch nicht fähig, dies zu kommunizieren. Trotzdem war er dankbar für die unendlichen Bemühungen des alten **Dr. Sergio Cappelletti**, des italienischen Arztes, der ihn im Lazarett behandelt hatte, ihn nach Kriegsende, als das Lazarett aufgelöst worden war, mit in das Krankenhaus, in dem er arbeitete, genommen und ihn sogar zu sich nach Hause geholt hatte, als er in die Rente gegangen war. Damals schien es klar, dass der Patient nie wieder zu vollem Bewusstsein gelangen würde. Unbemerkt von allen hatte George im Hause des Arztes trotzdem eine starke Zuneigung zu **Schwester Eusebia** entwickelt – der Nonne, die ihn täglich besuchte und sich pflegend wie seelsorgerisch um ihn kümmerte.

Obwohl Georges Schwester Eileen und Piers' Tochter Eleanor in unterschiedlichen Ländern lebten, hatten sie sich brieflich miteinander angefreundet, nachdem ihnen mitgeteilt worden war, dass ihr Bruder bzw. Vater gemeinsam vermisst würden. Als Eileen irgendwann zufällig ein vom Roten Kreuz veröffentlichtes Foto von Dr. Cappellettis vermeintlich indischem Patienten gesehen hatte, fuhren sie jeweils in der Hoffnung nach Italien, mit dem noch immer Unidentifizierten George gefunden zu haben.

Ungeachtet des Umstands, dass dessen Aussehen sich durch sein Leiden ungemein verändert hatte, erkannten sie ihn beide sofort. Dies war der Augenblick, auf den er so viele Monate lang instinktiv gewartet hatte: Energetisiert von der Liebe seiner Schwestern erlangte er nach einigen Tagen sein volles Bewusstsein zurück.

Nachdem er seinen Blick fokussiert hatte, starrte er die in dem Moment allein anwesende Eleanor intensiv an und summte nach einer Weile kaum hörbar das Motiv, mit dem Tschaikowskis Pathétique beginnt – allerdings in einer späteren Form, in der es sich von etwas Traurigem in ein musikalisches Bild von lebensbejahendem Widerstand, davon, niemals entmutigt aufzugeben, verwandelt hat:

Nelly, welche die Rolle kannte, die sowohl die Sinfonie als auch ihr Komponist für die Liebesbeziehung zwischen George und Piers gespielt hatten, nahm ein Foto aus ihrer Handtasche, auf dem ihr Vater in Uniform zu sehen war, und zeigte es George. Während sich dessen Augen mit Tränen füllten, gab er sein Bestes, um den rechten Arm zu heben und auf Piers' Herz zu deuten. Dabei gab er einen Laut von sich, der in etwa klang wie »pff«. Anschließend bewegte er seinen Zeigefinger zu dem Rangabzeichen auf einem der Ärmelaufschläge und murmelte heiser:

»Unsere.«

Danach nahm er das Foto mit zitternder Hand und drückte es an sein Herz, um es ungeschickt, aber sanft zu streicheln. Während Schwester Eusebia leise hereinkam, übersetzte Nelly:

»Dad ist tot. Und es waren einige unserer eigenen Offiziere, nicht der Feind. Sie haben euch hingerichtet ... doch gab es keine offizielle Verurteilung. Sonst hätten sie es nicht verbergen müssen: keine Uniformen, keine **Hundemarken**, die Erklärung, ihr würdet im Einsatz vermisst. Das war Mord! Warum, George? Weil ...?«

Sie beendete ihre Frage nicht, da sie nicht das von ihrem Vater und seinem Liebsten geteilte Geheimnis preisgeben wollte. Da schloss George seine Augen, als suche er in seinem Geist nach etwas. Als er es gefunden zu haben schien, nahm er all seine Kraft zusammen, um zum Zeichen der Verneinung ganz leicht seinen Kopf zu schütteln, öffnete sodann erneut seine Augen und nuschelte angestrengt:

»Ein Vorwand ... Komplott ... Piers ... war zu ... beliebt bei ... den unteren ... Rängen ... zu erfolgreich ... und ... ungewöhnlich ... hat angeblich ... Autorität ... untergraben ... Er ... hatte ... sich verändert ... Das haben ... sie bestraft ... am Offizier ... und ... seinem Burschen ... Als sie ... abgedrückt haben ... hat er ...«

Völlig außer Atem nahm George das Foto von seiner Brust. Während er versuchte, das Zittern seiner Hand zu unterdrücken, hob er unter großen Schwierigkeiten den Kopf ein wenig mehr, um sich Piers' Bild genauer anzuschauen. Dann schloss er zum zweiten Mal die Lider und ließ sein Haupt erschöpft zurück in die Kissen sinken. Nach einer Weile öffnete er die Augen ein weiteres Mal, heftete den Blick auf Nelly und stammelte:

»Er hat … meine Hand … genommen.«

Obwohl er soeben selbst über die so lange zurückliegende Hinrichtung gesprochen und anschließend Nellys Deutung seiner Worte gehört hatte, realisierte George erst in diesem Augenblick, dass der Mann, den er so inniglich geliebt hatte, tot war. Nachdem das Geschoss ihn durchbohrt hatte und sein Schädel geborsten war, hatte er all seine Kraft zum Überleben aufgewandt. Nach seiner Rückkehr aus der Schwärze von Nahtod und Koma ins Leben aber hatte es für ihn keine Vergangenheit oder Zukunft mehr gegeben, keine Gedanken noch tiefere Empfindungen. Ohne dies zu merken, hatte er sich in einen bloßen Zeugen der Welt ohne wirklichen Sinn für sein Ich verwandelt. Er hatte positive wie negative emotionale Reaktionen auf körperliche Symptome sowie auf seine Behandlung durch andere empfunden, doch war das alles so fließend gewesen wie die Klänge eines unbekannten Musikstücks, sodass er sich jetzt nicht einmal bewusst war, wie lange dieser seltsame Zustand eigentlich angedauert hatte.

Infolgedessen war Piers in Georges Erleben nicht seit fast einem Jahr tot, sondern war genau in dem Moment für ihn gestorben, in dem er sich daran erinnert hatte, wie der Geliebte seine Hand ergriffen hatte. Der dadurch verursachte Schmerz war so intensiv, dass George sein Herz buchstäblich in zwei Hälften brechen fühlte. Während er das Foto daraufhin stärker gegen seine Brust presste, schloss er die Augen zum dritten Mal und nahm, unfähig zu sprechen oder zu weinen, nach einer Weile sein Summen wieder auf. Obwohl es ungemein leise und gequält klang, erkannte Eleanor den Anfang des vierten Satzes der Pathétique:

Diesmal wiederholte George das Motiv nicht. Denn nachdem der Schmerz, den er durch diese Töne hatte ausdrücken wollen, ein wenig abgeebbt war, bemerkte er mit einem Mal, wie unendlich erschöpft er war – so sehr, dass er keine Kraft mehr hatte weiterzuleben. Als er nun die Melancholie verspürte, welche das Sich-Ergeben in das eigene Schicksal begleitet, summte er das Motiv, von dem das Ende der Pathétique eingeleitet wird:

Während seines Summens wurden die ohnehin leisen Töne immer weniger hörbar. Infolgedessen schien es, als würde die Musik sich allmählich in Stille auflösen. Die Botschaft verstehend ergriff Nelly mit Tränen in den Augen Georges Hand und drückte sie kurz. Sie anschließend in der ihren haltend dankte sie ihm tief bewegt, während die im Hintergrund sitzende Schwester Eusebia leise anhob, die traditionellen Sterbegebete zu murmeln.

George war zu schwach, um seine Augen noch einmal zu öffnen, doch einige Atemzüge lang gelang ihm in Erwiderung ein mattes Lächeln. Denn mit dem zuletzt erklungenen Summen hatte sich durch die zuvor gefundene, in Georges allumfassender Liebe wurzelnde Einstellung, sämtliches von ihm Erfahrene vollkommen vorbehaltlos anzunehmen, in seinem Inneren eine Art Schleier gelüftet. Dadurch aber hatte er einen mit Worten kaum zu beschreibenden Durchbruch erzielt: Er hatte den friedlich-zufriedenen Zustand der Freude erreicht, der jenseits allen Leidens liegt.

Überzeugt davon, dass das Ende seines gegenwärtigen Daseins nicht das Ende des Lebens an sich bedeutete, machte George sich von diesem Ausgangspunkt aus auf den Weg in eine neue Existenz, wobei er sich wünschte, dass er fähig sein würde, die in seinem eigenen Herzen gefundene friedenschaffende Liebe zu bewahren. Dies tat er in der Hoffnung, dass es ihm dadurch ermöglicht würde, anderen zu helfen, auf unaggressive Weise mit extrem schmerzhaften Situationen umzugehen und so Frieden wie Liebe im eigenen Herzen zu entdecken. Und vielleicht würde er in einer seiner zukünftigen Existenzen sogar auf eine **Wiedergeburt** von Piers treffen …

Kaum war diese tröstende Idee geboren, als wie aus dem Nichts die Gewissheit aufkam, dass dann nicht bloß eine erneute, sondern eine völlig neuartige Gemeinschaft der beiden Liebenden entstehen könnte, die sich nicht wie im gerade zu Ende gegangenen Leben als Zweisamkeit darstellen würde, sondern als ebenso ungetrennte wie untrennbare Einheit.

INFORMATIONSTEIL

Ahimsa

Das wörtlich *Nicht-Verletzen* bedeutende Sanskritwort bezeichnet sowohl im Hinduismus als auch im Jainismus wie Buddhismus den Grundsatz von Gewaltlosigkeit. Für Mahatma → **Gandhi** ist Ahimsa zwar in allen Lebensbereichen maßgeblich gewesen, im Kontext des von ihm propagierten gewaltlosen Widerstands (vgl. auch → **Satyagraha**) hat dieses Prinzip jedoch vor allem als Mittel der Politik weltweite Bekanntheit erlangt. Gandhi zufolge meint Ahimsa nicht nur den Verzicht auf physische Gewalt, sondern auch auf jegliche Art von Gewaltanwendung im Geiste.

Apallisches Syndrom

Medizinischer Fachbegriff für eine sehr schwere Schädigung des Gehirns, bei der es zu einem funktionellen Ausfall größerer Teile oder sogar des gesamten Großhirns kommt. Da die Betroffenen einerseits wach, andererseits aber komatös in dem Sinne wirken, dass sie über kein Bewusstsein zu verfügen scheinen und ihnen überdies nahezu keine Möglichkeit zur Kommunikation zur Verfügung steht, wird dieser Zustand auch als *Wachkoma* bezeichnet.

Bengalen

Im Nordosten des indischen Subkontinents gelegene, für seine Kultur wie weit zurückreichende Geschichte bekannte geographische Region, die sich heutzutage zu fast gleichen Teilen über den indischen Bundesstaat Bengalen sowie das östlich davon gelegene Bangladesch erstreckt.

Cappelletti, Dr. Sergio

Kurz vor dem Ruhestand stehender italienischer Militärarzt, der → **George** im Lazarett versorgt, bevor er diesen nach Ende des Ersten Weltkriegs in das Krankenhaus verlegen lässt, in dem er im Zivilleben angestellt ist. Dr. Cappelletti, ein Witwer, dessen Familie zum größten Teil im Krieg umgekommen ist – darunter auch seine zwei Söhne –, nimmt den bei seinem Ausscheiden aus dem Dienst noch immer unidentifizierten vermeintlichen Inder sogar mit zu sich nach Hause, um ihn zusammen mit der in der Nähe in einem Kloster lebenden → **Schwester Eusebia** zu pflegen.

Eileen

Fünf Jahre ältere Schwester → **Georges**, über die wenig bekannt ist, außer dass sie ein Internat besucht hat und nach ihrer Heirat mit einem Kaufmann in London lebt, der den in Bengalen weitverbreiteten Namen Sengupta trägt. Dass sie von ihrem Vater verstoßen worden ist, hat für die Geschwister bedeutet, lange keinen Kontakt zu haben, da es Eileen erst in Georges letztem Schuljahr gelungen ist, ihn zu finden.

Eleanor

Tochter des von → **George** → *Piers* bzw. *Tschaikowski* genannten Offiziers. Sie ist mit einem Schweizer Kaufmann mit dem Vornamen → **Jean** verheiratet, hat zum Zeitpunkt des Besuchs ihres Vaters und Georges mehrere noch kleine Kinder und wohnt mit ihrer Familie in → **Martigny**. Die mit Kosenamen *Nelly* Genannte hat in dem Konflikt zwischen ihrem Bruder → **Geoffrey** und dem gemeinsamen Vater stets ihren Bruder unterstützt, weshalb die Beziehung zu ihrem Vater bis zu Georges Eingreifen schwer belastet ist.

Erholung von Verwundeten in der Schweiz

Zwischen 1916 und dem Ende des Ersten Weltkriegs ermöglichte die neutrale Schweiz auf der Grundlage separat geschlossener völkerrechtlicher Vereinbarungen mit verschiedenen Staaten (darunter dem Deutschen Reich und Großbritannien), dass sich um die 68.000 verwundete und kranke Soldaten beider Hauptkriegsparteien in Schweizer Einrichtungen wie z.B. in Kurorten gelegenen Sanatorien erholen konnten.

Gandhi, Mohandas Karamchand

Der aus → **Gujarat** stammende Gandhi (* 02.10.1869, † 30.01.1948), dessen Nachnamen oft die Ehrenbezeichnung *Mahatma* vorangestellt wird, war ursprünglich Rechtsanwalt. Als Publizist, Morallehrer, Asket wie Pazifist, der eigene Methoden des gewaltlosen politischen Widerstands entwickelt hat (s. auch → **Ahimsa** und → **Satyagraha**), ist er zum geistigen wie politischen Anführer der gegen die britische Kolonialherrschaft gerichteten indischen Unabhängigkeitsbewegung geworden.

Geoffrey

Um einige Jahre älterer Bruder → **Eleanors**, der aufgrund seiner von der Gesellschaft kriminalisierten und seiner Familie sanktionierten Homosexualität in immer größere emotionale wie finanzielle Schwierigkeiten geraten ist. Infolgedessen hat er sich für kurze Zeit prostituiert, nachdem sein Vater (s. → **Piers**) ihm trotz Eleanors Fürsprache jegliche Unterstützung versagt und ihn damit faktisch aus der Familie verstoßen wie ihm die Lebensgrundlage genommen hatte. An seiner Lage vollkommen verzweifelnd hat er sich letztlich das Leben genommen.

George Randall

Der Protagonist der Erzählung (*1898, † Sommer 1919).

Gujarat

Bezeichnung für einen an der Nordwestküste Indiens gelegenen indischen Bundesstaat, dessen Einwohner *Gujaraten* genannt werden. Das im Deutschen von

Gujarat abgeleitete Adjektiv lautet *gujaratisch*. Die dort von ca. 52 Millionen Menschen gesprochene indische Sprache dagegen wird *Gujarati* genannt. Dieses verfügt über eine eigene Schrift und war u.a. Muttersprache des in Gujarat geborenen Mahatma → **Gandhi**, der durch die Abfassung seiner Werke in dieser Sprache auch eine Erneuerung der gujaratischen Literatur bewirkt hat.

Hundemarke

Umgangssprachlicher Ausdruck für die von Soldaten an einer Kette auf der Brust getragene Erkennungsmarke. Diese dient hauptsächlich dazu, einen Leichnam oder einen nicht kommunikationsfähigen Verwundeten zu identifizieren. Bei Verletzten soll die u.a. enthaltene Angabe der Blutgruppe, wenn nötig, allerdings erst einmal eine schnellere Versorgung mit Fremdblut ermöglichen.

Hydra

In der griechischen Mythologie ein neunköpfiges Seeungeheuer, das so giftige Dämpfe ausdünstet, dass ein Mensch daran sterben kann. Alternativ droht ihm bei einer Begegnung, von allen ihren Mäulern gleichzeitig gefressen zu werden. Sich gegen sie zu wehren, stellt ein nahezu hoffnungsloses Unterfangen dar, denn wird ihr ein Kopf abgeschlagen, wachsen dafür zwei nach. Das Haupt in der Mitte ist zudem unsterblich. Um sich zu ernähren, kommt die Hydra von Zeit zu Zeit an Land und zerreißt, Felder und Weiden verwüstend, ganze Viehherden.

Jean

Französisch-Schweizer mit Wurzeln in und um → **Martigny** sowie Ehemann von → **Eleanor** und damit Schwiegersohn von → **Piers**. Sein Nachname bleibt unerwähnt.

-ji

Eine in indischen Sprachen verbreitete Höflichkeitssilbe, die an den Namen (in diesem Falle → **Gandhi**) angehängt wird.

Jüngstes Gericht

Hier ist die christliche Version der Vorstellung von einem jegliches Weltgeschehen abschließenden göttlichen Gericht über alle Lebenden und Toten gemeint. Diese ist eng mit dem Auferstehungsgedanken verknüpft und von der Idee eines Partikulargerichts zu unterscheiden, wie sie von den orthodoxen Kirchen sowie der römisch-katholischen Kirche vertreten wird. *Partikulargericht* bedeutet hier, dass unmittelbar nach dem Tod einer Person von Gott ein Urteil über das Schicksal der Seele dieses Menschen gefällt wird, ohne dass die Auferstehung dabei eine Rolle spielen würde. Allerdings steht diese Vorstellung von einem individuellen Gericht nicht im Gegensatz zu der vom Jüngsten Gericht für alle, da sozusagen von zwei Instanzen ausgegangen wird: dem Partikulargericht für die einzelne Seele (ohne den Körper) und dem Jüngsten Gericht für die gesamte Person – vor allem unter dem Aspekt, dass diese immer auch Teil der gesamten, als solche ebenfalls zu richtenden Menschheit ist. George folgt mit seiner Vorstellung von einem ganz und gar individuellen, sogleich nach dem Tod eines Menschen stattfindenden Gericht, dessen Urteil sich in dem die nächsten irdischen Existenzen dieser Person prägenden → **Karma** widerspiegelt, also keinesfalls der im Christentum offiziell vertretenen Idee von einem das Jüngste Gericht nicht ausschließenden Einzelgericht, sondern hat vielmehr westliche mit östlichen Ansichten verschmolzen.

Karma

Dieses Sanskritwort, dessen direkte Bedeutung auf Deutsch mit *Wirken* oder *Tat* wiedergegeben werden kann, wird im Hinduismus zur Bezeichnung der Vorstellung benutzt, dass jedwede Handlung Ursache einer späteren Wirkung ist, die nicht notwendigerweise im selben Leben in Erscheinung treten muss, sondern sich auch in einem zukünftigen manifestieren kann. Im Buddhismus werden nicht erst die Taten als Ursache angesehen, sondern bereits die zu diesen führenden Absichten.

Koda

Dieses aus dem Italienischen entlehnte, dort wörtlich *Schwanz* bedeutende Wort beschreibt in der Musik den angehängten Schlussteil eines Musikstücks oder einer Sinneinheit davon (in der europäischen klassischen Musik meist eines Satzes). Dabei handelt es sich um eine vollständige, jedoch nicht unabhängig für sich bestehende musikalische Idee – oft, aber nicht immer, um eine Art Rückblick auf das Gesamtwerk.

Krankenschwester

→ **Georges** erste Liebe, die um wenige Jahre älter ist als er und freiwillig in einem in Nordfrankreich gelegenen Feldlazarett Dienst tut. Obwohl er ihr trotz seiner Jugend und des Umstands, dass er ohne Beruf über keine Einkommensquelle verfügt, offenbar einen Heiratsantrag gemacht hat, wird in der Erzählung nichts über sie preisgegeben – nicht einmal ihr Name. Alles mit ihr Zusammenhängende tief in seinem Herzen bewahrend hat George ausschließlich → **Piers** davon erzählt.

Lausanne

Die am Genfer See gelegene Schweizer Großstadt ist Hauptort des Kantons Waadt und Hauptstadt des Bezirks Lausanne. Mit der Industrialisierung und dem Bau von Bahnhof wie Eisenbahnstrecken wuchs die Stadt ab Mitte des 19. Jhs. stark an und wurde als Verkehrsknotenpunkt zu einem wirtschaftlichen wie kulturellen Zentrum. Zur Zeit des im Text beschriebenen Besuchs gab es hier längst etablierte Theater, Konzertsäle wie Museen.

Liebet eure Feinde
→ **George** zitiert hier Vers 6,27 f. aus dem Lukasevangelium der Bibel.

Locked-in-Syndrom
Durch Schädigungen an unteren Teilen des Gehirns, vor allem am Pons (einem Teil des Hirnstamms) hervorgerufener Zustand, bei dem ein Mensch zwar bei Bewusstsein ist, jedoch aufgrund einer nahezu vollständigen Lähmung unfähig ist, durch Sprache oder Bewegungen zu kommunizieren. Dabei ist der Hörsinn völlig intakt, sodass Betroffene, bei denen die Augenbeweglichkeit erhalten ist, Fragen, auf die mit *ja* oder *nein* geantwortet werden kann, durch Augenbewegungen zu beantworten vermögen. Ist die Augenbeweglichkeit nicht erhalten, spricht man von einem vollständigen Locked-in-Syndrom.
→ **George** scheint insofern an einer Sonderform zu leiden, als dass er sich nicht nur aufgrund der fehlenden Kommunikationsmöglichkeit als reiner Beobachter der Welt empfindet, sondern er zudem den Eindruck hat, sein Ich-Gefühl sei ihm zusammen mit dem reflektierenden, abstrahierenden und analysierenden Denken abhanden gekommen sowie seine Empfindungen insgesamt sehr einfach und direkt geworden.

Martigny
In der Rhone-Ebene im französischsprachigen Unterwallis gelegene Schweizer Stadt mit langer Siedlungsgeschichte. In Martignys Umgebung wird im Tal traditionell Obst angebaut und an den Berghängen neben ausgedehnter Waldwirtschaft auch Weinbau betrieben. Aufgrund seiner Lage ist der heutige Hauptort des Bezirks Martigny schon immer ein Verkehrsknotenpunkt gewesen, durch den seit der zweiten Hälfte des 19. Jhs. die Simplon-Eisenbahnstrecke mit direkter Verbindung nach → **Lausanne** führt.

McAllister, Stephen
In seinen Vierzigern stehender, für die Materialbeschaffung in Nordfrankreich zuständiger Offizier im Sanitätskorps der britischen Armee. Der glücklich verheiratete, intellektuelle wie sensible, vor allem aber streng katholisch-prinzipientreue Schotte leidet so sehr unter der Grausamkeit des Kriegs sowie seiner situationsbedingten Vereinsamung, dass er gegen seinen Willen und seine heterosexuelle Veranlagung Gefühle für den von seiner Liebe zum Leben durchdrungenen → **George** entwickelt.

Mittelmächte
Bezeichnung für eine der beiden Hauptkriegsparteien des Ersten Weltkriegs, die zunächst die Verbündeten Deutsches Reich und Österreich-Ungarn (deren geographische Lage in Europa Namensgeber gewesen ist) sowie später zusätzlich das Osmanische Reich und Bulgarien umfasste.

Nelly
s. → **Eleanor**.

Non-Combatant Corps (NCC)
In Großbritannien im März 1916 im Zusammenhang mit der Einführung der Wehrpflicht eigens für unbewaffnete Nicht-Kombattanten geschaffenes Korps, in dem Wehrdienstverweigerer kriegsdienliche Aufgaben erledigten, ohne aktiv an Kämpfen beteiligt zu sein.

Offiziersbursche
Im Ersten Weltkrieg in der britischen Armee offiziell noch *soldier-servant*, ab der Zwischenkriegszeit *batman* oder *orderly* genannt, bestanden die Aufgaben eines Offiziersburschen darin, als Läufer die Befehle des Offiziers an die Untergebenen weiterzuleiten, als Kammerdiener die Uniform sowie die persönlichen Sachen des Offiziers zu pflegen, sein Fahrzeug – auch unter Kampfbedingungen – zu fahren bzw. sich um sein Pferd zu kümmern, im Kampf Leibwächter des Offiziers zu sein sowie die Schützenmulde bzw. das Schützenloch (Erdbefestigungen zur Verteidigung) des Offiziers auszuheben, damit der Zeit zur Leitung seiner Einheit hatte, sowie sonstige Aufgaben zu erfüllen, mit denen er von seinem Offizier beauftragt wurde. Bei den britischen Streitkräften wurde die Position des Offiziersburschen nach dem Zweiten Weltkrieg bis auf wenige Ausnahmen abgeschafft.

Opferzahlen
Der Erste Weltkrieg (28. Juli 1914 – 11. November 1918) gilt als einer der todbringendsten Kriege der Weltgeschichte: Geschätzte 17 Millionen Menschen haben durch ihn ihr Leben verloren, davon ca. 8 Millionen Zivilisten und 9 Millionen Militärangehörige. Hinzu kommen schätzungsweise 23 Millionen Verwundete. Da die zwischen 1918 und 1920 grassierende Spanische-Grippe-Pandemie ohne den Krieg vermutlich niemals solche Ausmaße angenommen hätte, wäre eigentlich zumindest ein Teil der zwischen 17 und 50 Millionen von ihr verursachten Toten zusätzlich als indirekte Kriegsopfer hinzuzurechnen.

Piers
Dem englischen Hochadel entstammender ranghoher Infanterieoffizier (* 1859/1860, † August 1918), Frühwitwer und Vater zweier Kinder, dessen richtiger Name in der Erzählung nicht erwähnt wird. Aufgrund seines an den russischen Komponisten → **Tschaikowski** erinnernden Aussehens wird er von → **George** insgeheim bei diesem Namen genannt. Als die beiden sich ihre gegenseitige Liebe gestehen, erhält der Offizier den Kosenamen Piers. Dabei handelt es sich um eine mittelalterliche englische Namensform von Peter – der englischen Version des russischen Pjotr, dem Vornamen des Komponisten Tschaikowski.

Satyagraha

Von Mahatma → **Gandhi** aus den Sanskritwörtern *satya* (Wahrheit) und *agraha* (beharrlich an etwas festhalten) zusammengesetzter Begriff mit der ungefähren wörtlichen Bedeutung *Beharren auf der Wahrheit*, mit dem er die von ihm entwickelte Form gewaltlosen Widerstands bzw. zivilen Ungehorsams bezeichnet hat. Dabei war Gandhi die Abgrenzung zum passiven Widerstand wichtig, den er als Mittel von Wehrlosen betrachtet hat, die, hätten sie Waffen, im Zweifel auf diese zurückgreifen würden. Ein Satyagrahi – einer, der dem Prinzip des Satyagraha folgt – dagegen ist jemand, der grundsätzlich → **Ahimsa** (Gewaltlosigkeit) praktiziert und dabei aufgrund erfolgter geistiger Auseinandersetzung bereit und deshalb auch stark genug dazu ist, Schmerz wie Leiden, ja im Zweifel sogar den Tod auf sich zu nehmen. Dementsprechend hat Gandhi Satyagraha nicht bloß als strategisches Mittel für seinen aktuellen politischen Kampf betrachtet, sondern als grundsätzliche Lösung für den Umgang mit Ungerechtigkeit und Unrecht.

Schwester Eusebia

Vollordinierte italienische Angehörige einer nicht näher bezeichneten, traditionell in der Krankenpflege arbeitenden katholischen Nonnengemeinschaft, deren aus dem Altgriechischen stammender Ordensname *Die Gottesfürchtige* bedeutet. Sie kümmert sich bei → **Dr. Cappelletti** zu Hause um → **George**, der die versierte Krankenpflegerin und Seelsorgerin, deren Kloster sich ganz in der Nähe befindet, sehr mag.

Symphonie Pathétique

Sechste und letzte Sinfonie von Pjotr Iljitsch → **Tschaikowski**. Das in h-Moll gehaltene Werk (op. 74) ist am 16. Oktober (jul.) / 28. Oktober (greg.) 1893 unter der Leitung des Komponisten nur neun Tage vor dessen plötzlichem Tod in St. Petersburg uraufgeführt worden. Tschaikowski hat diese Sinfonie als seine persönlichste und wichtigste empfunden, der er zwar ein Programm unterlegt hatte, das jedoch geheim bleiben sollte. Da ihm der ursprüngliche Name *Programmsinfonie* nicht mehr gefiel, hat er den Vorschlag seines Bruders Modest, das Werk die *Pathetische* zu nennen, begeistert aufgenommen. Der für Sinfonien aufgrund seiner Langsamkeit und seines in die Stille hinein ausklingenden Endes äußerst ungewöhnliche Schlusssatz erinnert von dieser Anlage her an ein Requiem. Den bis heute anhaltenden Siegeszug der Sinfonie durch die Konzertsäle der Welt sollte ihr Komponist, der über die verhaltene Reaktion des Publikums bei der Uraufführung enttäuscht war, leider nicht mehr erleben.
In der Beziehung von → **George** und → **Piers** spielt dieses Werk eine zentrale Rolle.

Tagore, Rabindranath

Der bengalische (vgl. → **Bengalen**) Philosoph, Dichter, Maler, Komponist und Musiker (* 7. Mai 1861, † 7. August 1941) war Anhänger der 1828 in Kalkutta gegründeten hinduistischen Reformbewegung Brahmo Samaj, die ihre Ursprünge in der sog. Bengalischen Renaissance – einer Phase des kulturellen, sozialen, religiösen, intellektuellen wie politischen Wandels Bengalens zu einer modernen Gesellschaft – hatte, zu deren führenden Persönlichkeiten später auch Tagore selbst gehören sollte. Der in Europa vorwiegend als Schriftsteller bekannte Tagore, der 1913 als erster Asiat den Nobelpreis für Literatur erhielt, revolutionierte nicht nur die bengalische Literatur, sondern modernisierte die Kunst seines Heimatlands insgesamt. Neben seiner Tätigkeit als Kulturreformer engagierte er sich auch für eine Reform des Sozialwesens und machte sich überdies als Universalgelehrter einen Namen. Text und Musik sowohl der Nationalhymne Indiens als auch der Bangladeschs gehen auf von Tagore verfasste bengalische Lieder zurück.

<u>Thomas</u>
→ **<u>Georges</u>** ihm sehr nahestehender eineiiger Zwillingsbruder, mit dem er alles geteilt hat, bis der 1912 vierzehnjährig bei einem Reitunfall ums Leben gekommen ist.

<u>Tschaikowski</u>
1. Pjotr Iljitsch Tschaikowski (* 25. April (jul.) / 7. Mai (greg.) 1840, † 25. Oktober (jul.) / 6. November (greg.) 1893) war ein russischer Komponist von Weltrang, der bereits zu Lebzeiten international große Berühmtheit erlangt hatte und heute als bedeutendster russischer Komponist des 19. Jhs. gilt. Selbst für Nicht-Kenner der europäischen klassischen Musik dürften die Melodien einiger seiner Werke noch heute Ohrwürmer sein. Zu seinen bekanntesten Kompositionen zählen nicht nur die drei berühmtesten Ballette der Musikgeschichte (Schwanensee, Dornröschen, Der Nussknacker), sondern auch die Oper Eugen Onegin, die Ouvertüre 1812, sein Violinkonzert, sein erstes Klavierkonzert sowie die letzten drei seiner sechs Sinfonien, darunter die in dieser Erzählung so zentrale → **<u>Symphonie Pathétique</u>**.
2. Kosename des später → **<u>Piers</u>** genannten Offiziers.

<u>Wachkoma</u>
s. → **<u>Apallisches Syndrom</u>**.

<u>Wiedergeburt</u>
Hier als Bezeichnung für jemanden benutzt, der die in einem Leben begonnene Karmageschichte (s. → **<u>Karma</u>**) in einem weiteren fortsetzt, der umgangssprachlich ausgedrückt also wiedergeboren ist.

Mehr von N. Pawo Elias:

Maitreyas Träume, Bd. 1: Ein Pfad aus der Hölle

Ein Lazarettleiter auf der Suche nach einem Weg zur Beendigung des Leidens.

Ein in einer kalten Hölle Gefangener voller Sehnsucht nach Befreiung. Ein Mörder und Kriegstreiber mit dem Ziel, sich zum Buddha zu machen.

Der erste Teil von **Maitreyas Träume** zeigt uns drei Protagonisten, die in ihrer jeweiligen Zeit unter völlig unterschiedlichen Bedingungen versuchen, einer persönlichen Hölle zu entkommen.

Ein aufrüttelndes Buch für alle, dies sich schon einmal gefragt haben, ob wir wirklich keine andere Wahl haben, als unseren zerstörerischen und uns damit letztendlich die Existenzgrundlage raubenden Lebensstil weiterzupflegen.

www.npawoelias.de